JN158365

宮沢賢治コレクション 8

春と修羅 第三集・口語詩稿ほか

詩 III

筑摩書房

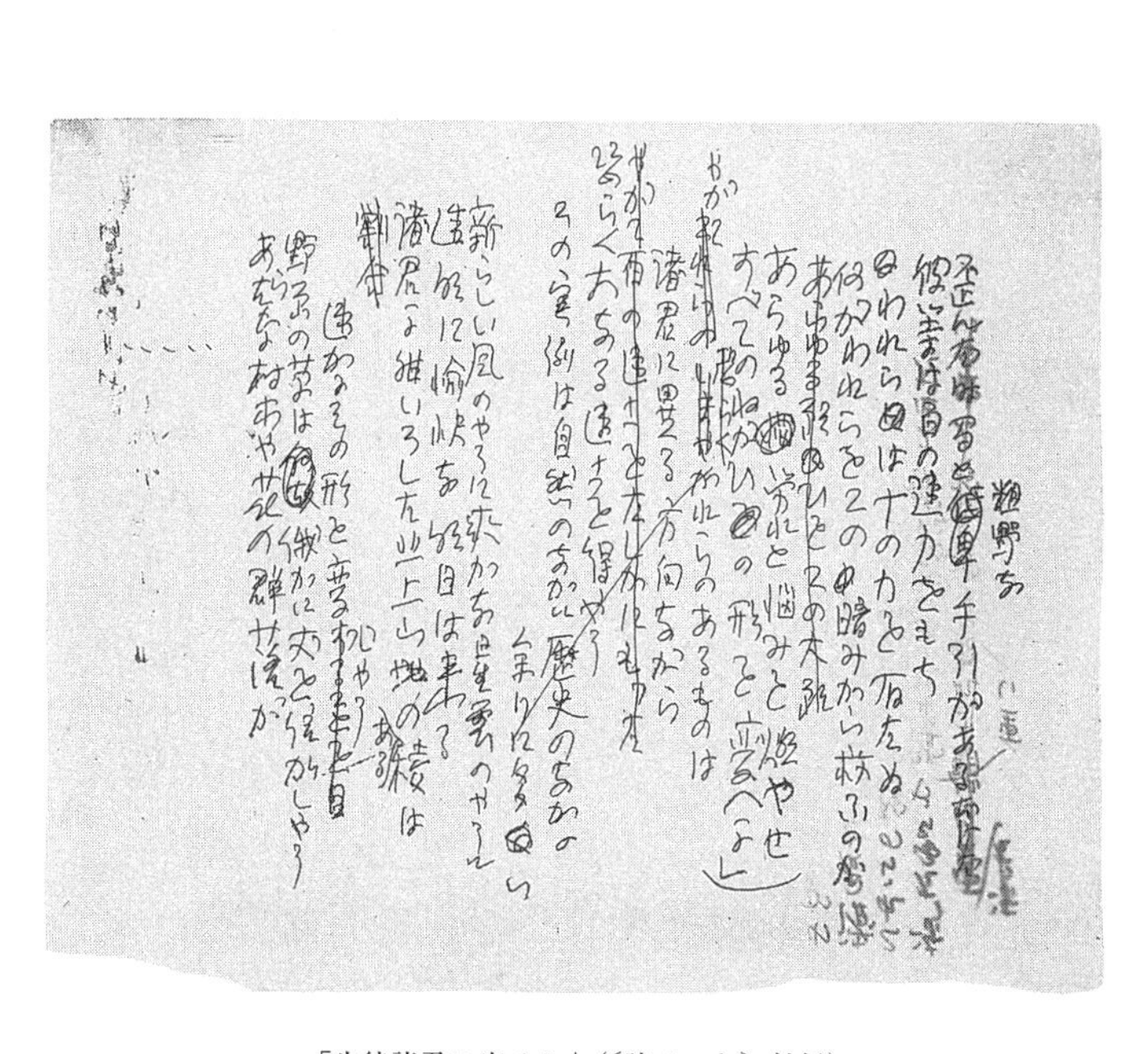

「生徒諸君に寄せる」（〔詩ノート〕付録）

監修　天沢退二郎
　　　入沢康夫
編集委員　栗原　敦
　　　　　杉浦　静
編集協力　宮沢家
装画・挿画　千海博美
装丁　アルビレオ
口絵写真　「生徒諸君に寄せる」（〔詩ノート〕付録）
（宮沢賢治記念館蔵）

目次

『春と修羅』第三集

詩ノートより

口語詩稿より

宮沢賢治コレクション8

春と修羅 第三集・口語詩稿ほか

詩Ⅲ

春と修羅

第三集

自　大正十五年四月
至　昭和　三年七月

七〇六　村　娘

一九二六、五、二、

畑を過ぎる鳥の影
青々ひかる山の稜(かど)

雪菜の薹(とう)を手にくだき
ひばりと川を聴(き)きながら
うつつにひとともものがたる

七〇九　春

陽（ひ）が照って鳥が啼（な）き
あちこちの楢（なら）の林も
けむるとき
ぎちぎちと鳴る　汚（きた）ない掌（て）を
おれはこれからもつことになる

一九二六、五、二、

七一一　水汲（く）み

一九二六、五、一五、

ぎっしり生えたち萱（がや）の芽だ
紅（あか）くひかって
仲間同志に影をおとし
上をあるけば距離（きより）のしれない敷物（しきもの）のように
うるうるひろがるち萱の芽だ
　……水を汲んで砂へかけて……
つめたい風の海蛇（うみへび）が
もう幾脈も幾脈も
野ばらの藪（やぶ）をすり抜けて
川をななめに溯（さかのぼ）って行く
　……水を汲んで砂へかけて……
向こう岸には
蒼（あお）い衣（ころも）のヨハネが下りて

すぎなの胞子(たね)をあつめている
……水を汲(く)んで砂へかけて……
岸までくれば
またあたらしいサーペント
……水を汲んで水を汲んで……
遠くの雲が幾ローフかの
麺麭(パン)にかわって売られるころだ

七一四　疲労

一九二六、六、一八、

南の風も酸っぱいし
穂麦も青くひかって痛い
それだのに
崖の上には
わざわざ今日の晴天を
西の山根から出て来たという
黒い巨きな立像が
眉間にルビーか何かをはめて
三っつも立って待っている
疲れを知らないああいう風な三人と
せいいっぱいのせりふをやりとりするために
あの雲にでも手をあてて
電気をとってやろうかな

七一五　〔道べの粗朶に〕

一九二六、六、二〇、

道べの粗朶に
何かなし立ちよってさわり
け白い風にふり向けば
あちこち暗い家ぐねの杜と
花咲いたままいちめん倒れ
黒雲に映える雨の稲
そっちはさっきするどく斜視し
あるいは嘲けりことばを避けた
陰気な幾十の部落なのに
何がこんなにおろかしく
私の胸を鳴らすのだろう
今朝このみちをひとすじいだいたのぞみも消え
いまはわずかに白くひらける東のそらも

ただそれだけのことであるのに
なおもはげしく
いかにも立派な根拠か何かありそうに
胸の鳴るのはどうしてだろう
野原のはてで荷馬車は小(ちい)さく
ひとはほそぼそ尖(とが)ってけむる

七一八　蛇踊(じゃおどり)

この萌(も)えだした柳(やなぎ)の枝で
すこしあたまを叩(たた)いてやろう
叩かれてぞろぞろまわる
はなはだ艶(えん)で無器用だ
がらがら蛇(へび)でもない癖(くせ)に
しっぽをざらざら鳴らすのは
それ響尾(がらがら)蛇に非(あらざ)るも
蛇はその尾を鳴らすめり
青い
青い
紋も青くて立派だし
りっぱな節奏(リズム)もある
そう　そのポーズ

一九二六、六、二〇、

いまの主題は
「白びかりある攻勢」とでもいうのだろう
しまいにうすい桃いろの
口を大きく開くのが
役者のこわさ半分に
所謂見栄を切るのにあたる
もすこしぴちゃぴちゃ叩いてやろう
今日は厩肥をいじるので
蛇にも手などを出すわけだ
けれども蛇よ
どうも、おまえにからかってると
酸っぱいトマトをたべてるようだ
おまえの方で遁げるのか
それではひとつわたしも遁げる

七一八　井戸

一九二六、七、八、

ここから草削（ホウ）をかついで行って
玉菜（たまな）畑へ飛び込（こ）めば
宗教ではない体育でもない
何か仕事の推進力と風や陽（ひ）ざしの混合物
熱く酸（す）っぱい阿片（あへん）のために
二時間半がたちまち過ぎる
そいつが醒（さ）めて
まわりが白い光の網（あみ）で消されると
ぼくはここまで戻って来て
水をごくごく呑（の）むのである

七二六　風景

一九二六、七、一四、

松森蒼穹（そら）に後光を出せば
片頬（かたほお）黒い県会議員が
ひとりゆっくりあるいてくる
羊歯（しだ）やこならの丘いちめんに
ことしも燃えるアイリスの花

七二七　〔アカシヤの木の洋燈(ランプ)から〕

アカシヤの木の洋燈から
風と睡(ねむ)さに
朝露も月見草の花も萎(しお)れるころ
鬼げし風のきもの着て
稲沼(ライスマーシュ)のくろにあそぶ子

一九二六、七、一四、

七二八　〔澱雨(カダチ)はそそぎ〕

一九二六、七、一五、

澱雨はそそぎ
土のけむりはいっさんにあがる
　ああもうもうと立つ湯気のなかに
　わたくしはひとり仕事を忿(いか)る
　……枯(か)れた羊歯(しだ)の葉
　　野ばらの根
　　壊(こわ)れて散ったその塔を
　　いまいそがしくめぐる蟻(あり)……
杉は澱雨のながれを懸(か)け
またほの白いしぶきをあげる

七三〇 〔おしまいは〕

一九二六、八、八、

「おしまいは
シャーマン山の第七峰の別当が
錦（にしき）と水晶（すいしょう）の袈裟（けさ）を着て
じぶんで出てきて諫（いさ）めたそうだ」
青い光霞（こうか）の漂（ただよ）いと翻（ひるがえ）る川の帯
その骨ばったツングース型の赭（あか）い横顔

七三一　〔黄いろな花もさき〕

一九二六、八、二〇、

黄いろな花もさき
あらゆる色の種類した
畦（あぜ）いっぱいの地しばりを
レーキでがりがり搔（か）いてとる
川はあすこの瀬のところで
毎秒九噸（トン）の針（はり）をながす
上を見ろ
石を投げろ
まっ白なそらいっぱいに
もずが矢ばねを叩（たた）いて行く

七三三　休　息

あかつめくさと
　きんぽうげ
おれは羆熊(ひぐま)だ　観念しろよ
　遠くの雲が幾ローフかの
　麺麭(パン)にかわって売られるころだ
あはは　憂陀那(うだな)よ
冗談はよせ
ひとの肋(あばら)を
抜身(ぬきみ)でもってくすぐるなんて

一九二〔六〕、八、二七、

七三四　〔青いけむりで唐黍(とうきび)を焼き〕

一九二六、八、二七、

青いけむりで唐黍を焼き
ポンデローザも皿に盛って
若杉のほずえの chrysocolla を見れば
たのしく豊かな朝餐(ちょうさん)な筈(はず)であるのに
こんなにも落ち着かないのは
今日も川ばたの荒れた畑の切り返しが
胸いっぱいにあるためらしい
　……エナメルの雲鳥の声……
強(し)いてもひとつ
ふさふさ紅(あか)いとうもろこしの毛をもぎり
その水いろの莢(さや)をむけば
熱く苦しいその仕事が
百年前の幽(かす)かなことのようでもある

七三五　饗宴(きょうえん)

一九二六、九、三、

酸(す)っぱい胡瓜(きゅうり)をぽくぽく噛(か)んで
みんなは酒を飲んでいる
……土橋は曇(くも)りの午前にできて
　いまうら青い榾(ほだ)のけむりは
　稲いちめんに這(は)いかかり
　そのせきぶちの杉や楢(なら)には
　雨がどしゃどしゃ注いでいる……
みんなは地主や賦役(ふえき)に出ない人たちから
集めた酒を飲んでいる
……われにもあらず
　ぼんやり稲の種類を云(い)う
　ここは天山北路であるか……
さっき十ぺん

あの赤砂利(じゃり)をかつがせられた
顔のむくんだ弱そうな子が
みんなのうしろの板の間で
座(すわ)って素麺(むぎ)をたべている
(紫雲英(ハナコ)植れば米とれるてが
藁(わら)ばりとったて間に合ぁなじゃ)
こどもはむぎを食うのをやめて
ちらっとこっちをぬすみみる

七三六　〔濃(こ)い雲が二きれ〕

一九二六、九、五、

濃い雲が二きれ
シャーマン山をかすめて行く
（何を吐(ぬか)して行ったたって？）
（雷沢帰妹(らいたくきまい)の三だとさ！）
向こうは寒く日が射(さ)して
蛇紋岩(サーペンティン)の青い鋸(のこぎり)

七三八　はるかな作業

一九二六、九、一〇、

すすきの花や暗い林の向こうのほうで
なにかちがった風の品種が鳴っている
ぎらぎら縮(ちぢ)れた雲と青陽(び)の格子(こうし)のなかで
風があやしい匂(にお)いをもってふるえている
そらをうつして空虚(うつろ)な川と
黒いけむりをわずかにあげる
瓦(かわら)工場のうしろの台に
冴(さ)え冴(ざ)えとしてまたひびき
ここの畑できいていれば
楽しく明るそうなその仕事だけれども
晩にはそこから忠一が
つかれて憤(いきどお)って帰ってくる

七三九　〔霧（きり）がひどくて手が凍（こご）えるな〕

一九二六、九、一三、

霧がひどくて手が凍えるな
……馬もぶるっとももをさせる……
縄（なわ）をなげてくれ縄を
……すすきの穂（ほ）も水霜（みずしも）でぐっしょり
　ああはやく日が照るといい……
雉子（きじ）が啼（な）いてるぞ　雉子が
おまえの家のなからしい
……誰（だれ）も居なくなった家のなかを
餌（えさ）を漁（あさ）って大股（おおまた）にあるきながら
雉子が叫んでいるのだろうか……

七四〇　秋

一九二六、九、一三、

江釣子森の脚から半里
荒んで甘い乱積雲の風の底
稔った稲や赤い萓穂の波のなか
そこに鍋倉上組合の
けらを装った年よりたちが
けさあつまって待っている

恐れた歳のとりいれ近く
わたりの鳥はつぎつぎ渡り
野ばらの藪のガラスの実から
風が刻んだりんどうの花
……里道は白く一すじわたる……
やがて幾重の林のはてに

赤い鳥居(とりい)や 昴(スバル) の塚や
おのおのの田の熟した稲に
異(ことな)る百の因子を数え
われわれは今日一日をめぐる

青じろいそばの花から
蜂(はち)が終りの蜜(みつ)を運べば
まるめろの香とめぐるい風に
江釣子(えづりこ)森の脚(あし)から半里
雨つぶ落ちる萱野(かやの)の岸で
上鍋倉(かみなべくら)の年よりたちが
けさ集って待っている

七四一　煙

川上の
煉瓦工場の煙突から
けむりが雲につづいている
あの脚もとにひろがった
青じろい頁岩の盤で
尖って長いくるみの化石をさがしたり
古いけものの足痕を
うすら濁ってつぶやく水のなかからとったり
二夏のあいだ
実習のすんだ毎日の午後を
生徒らとたのしくあそんで過ごしたのに
いま山山は四方にくらく
一ぺんすっかり破産した

一九二六、一〇、九、

煉瓦(れんが)工場の煙突(えんとつ)からは
何をたいているのか
黒いけむりがどんどんたって
そらいっぱいの雲にもまぎれ
白金いろの天末(てんまつ)も
だんだん狭(せま)くちぢまって行く

七四一　白菜畑

霜（しも）がはたけの砂いっぱいで
エンタシスある柱の列は
みな水いろの影（かげ）をひく
十いくつかのよるとひる
病んでもだえていた間
こんなつめたい空気のなかで
千の芝罘（チーフー）白菜は
はじけるまでの砲弾（ほうだん）になり
包頭（パオトウ）連の七百は
立派なパンの形になった
ここは船場を渡った人が
みんな通って行くところだし
川に沿ってどっちへも抜けられ

崖(がけ)の方へも出られるので
どうもここへ野菜をつくっては
盗(と)られるだろうとみんなで云(い)った
けれども誰(だれ)も盗(ぬす)まない
季節にはひとりでにこういうに熟して
朝はまっ白な霜(しも)をかぶっているし
早池峰(はやちね)薬師ももう雪でまっしろ
川は爆発するような
不定な湯気をときどきあげ
燃えたり消えたりしつづけながら
どんどん針(はり)をながしている
病んでいても
あるいは死んでしまっても
残りのみんなに対しては
やっぱり川はつづけて流れるし
なんというういいことだろう
ああひっそりとしたこのはたけ
けれどもわたくしが

レアカーをひいて
この砂つちにはいってから
まだひとつの音もきいていないのは
それとも聞こえないのだろうか
巨(おお)きな湯気のかたまりが
いま日の面を通るので
柱列の青い影も消え
砂もくらくはなったけれども

七四二　圃道

水霜が
みちの草穂にいっぱいで
車輪もきれいに洗われた

ざんざんざんざん木も藪も鳴っているのは
その重いつめたい雫が
いま落ちている最中なのだ

霧が巨きな塊になって
太陽面を流れている
さっき川から炎のようにあがっていた
あのすさまじい湯気のあとだ

一九二六、一〇、一〇、

気管がひどくぜいぜい云う
こういうぜいぜい鳴る胸へ
焼酎をすこし呑みたいと思い
ふかした芋をたべたいと思い
町に心を残しながら
野菜を売った年老りたちが
みなこの坂を帰ったのだ

七四三　〔盗まれた白菜の根へ〕

一九二六、一〇、一三、

盗まれた白菜の根へ
一つに一つ萱穂（かやぼ）を挿（さ）して
それが日本主義なのか

水いろをして
エンタシスある柱の列の
その残された推古時代の礎（いしずえ）に
一つに一つ萱穂が立てば
盗人（ぬすびと）がここを通るたび
初冬の風になびき日にひかって
たしかにそれを嘲弄（ちょうろう）する
そうしてそれが日本思想
弥栄（いやさか）主義の勝利なのか

一〇〇一　〔プラットフォームは眩ゆくさむく〕　一九二七、二、一二、

プラットフォームは眩ゆくさむく
緑に塗られたシグナルや
きららかに飛ぶ氷華のなかを
ああ狷介に学士は老いて
いまは大都の名だたる国手
昔の友を送るのです
……そのきららかな氷華のはてで
小さな布の行嚢や
魚の包みがおろされますと
笛はおぼろにけむりはながれ
学士の影もうしろに消えて
しずかに鎖すその窓は
鉛のいろの氷晶です

かがやいて立つ氷の樹(き)
蒼々(あおあお)けぶる山と雲
一つら過ぎゆく町のはずれに
日照はいましずかな冬で
車室はあえかなガラスのにおい
髪をみだし黒いネクタイをつけて
朝の光にねむる写真師
東の窓はちいさな塵(ちり)の懸垂(けんすい)と
そのうつくしいティンダル効果
客はつましく座席をかえて
双手(そうしゅ)に二月のパネルをひらく

しずかに東の窓にうつり
いちいの囲み池をそなえた小さな医院
その陶標の門をば斜(なな)め
客は至誠を面にうかべ
体を屈して殊遇(しゅぐう)を謝せば
桑(くわ)にも梨(なし)にもいっぱいの氷華(ひょうか)

一〇〇三　実験室小景

一九二七、二、一八〔、〕

(こんなところにいるんだな)
　ビーカー、フラスコ、ブンゼン燈
(この漆喰に立ちずくめさ)
　暖炉はひとりでうなっているし
　黄いろな時計はびっこをひきひきうごいている
(ガラスのオボーがたくさんあるな)
(あれは逆流冷却器)
(ずいぶん大きなカップだな)
(どうだきみは、苛性加里でもいっぱいやるか)
(ふふん)
　雪の反射とポプラの梢
　そらを行くのはオパリンな雲
　あるいはこまかな氷のかけら

（分析ならばきみはなんでもできるのかい）
（ああ物質の方ならね）
（ははは　今日は大へん謙遜だ
まるでニュウトンそっくりだ）
（きみニュウトンは物理だよ）
（どっちにしてももう一あしだ
教授になって博士になれば
男爵だってなってなれないこともない）
（きみきみ助手が見ているよ）
　　湯気をふくふくテルモスタット
（春が来るとも見えないな）
（いや、来るときは一どに来る
春の速さはまたべつだ）
（春の速さはおかしいぜ）
（文学亜流にわかるまい
ぜんたい春というものは
気象因子の系列だぜ
はじめははんの紐を出し

しまいに八重の桜をおとす
それが地点を通過すれば
速さがそこにできるだろう）
（そういうことを云(い)ってたら
論文なんかぐにゃぐにゃだろう）
（論文なんかぱりぱりさ）

△

（何時になればいっしょに出れる？）
（四時ならいいよ）
（もう一時間）
（ああ温室で遊んでないか
済んだらぼくがのぞくから
助手がいろいろ教えてくれる）
（ではそうしよう
あの玄関(げんかん)のわきのだな）
（ああそう
ひとりではいっていいんだ
あけっぱなしはごめんだぜ）

一〇〇五　〔鈍（にぶ）い月あかりの雪の上に〕

一九二七、三、一五、

鈍い月あかりの雪の上に
松並の影（かげ）がひろがっている
ひるなら碧（あお）く
いまも螺鈿（らでん）のモザイク風（ふう）した影である
こんな巨（おお）きな松の枝さえ落ちている
このごろのあの雨雪で折れたのだ
そこはたしかに畑の雪が溶（と）けている
玉葱（たまねぎ）と　ペントステモン
なにかふしぎなからくさ模様が
苗床（なえどこ）いちめんついている
川が鼠（ねずみ）いろのそらと同じで
音なく南へ滑（すべ）って行けば
ああ　その東は縮（ちぢ）れた風や五輪峠（ごりんとうげ）や

泣きだしたいような甘ったるい雲だ
　松は昆布（こんぶ）とアルコール
　まだらな草地はねむさを噴（ふ）く
早池峰（はやちね）はもやの向こうにねむり
ずうっとみなかみの
すきとおって暗い風のなかを
川千鳥が啼（な）いて溯（のぼ）っている
町の偏光（へんこう）の方では犬の声
風がいまつめたいアイアンビックにかわる

一〇〇八 〔土も掘るだろう〕

一九二七、三、一六、

土も掘るだろう
ときどきは食わないこともあるだろう
それだからといって
やっぱりおまえらはおまえらだし
われわれはわれわれだと
……山は吹雪のうす明り……
なんべんもききき
いまもききき
やがてはまったくその通り
まったくそうしかできないと
……林は淡い吹雪のコロナ……
あらゆる失意や病気の底で
わたくしもまたうなずくことだ

一〇一二〔甲助　今朝まだくらぁに〕

一九二〔七〕、三、〔二一〕、

甲助
今朝まだくらぁに
たった一人で綱取さ稼ぐさ行ったでぁ
……赤楊にはみんな氷華がついて
　野原はうらうら白い偏光……
唐獅子いろの乗馬ずぼんはぃでさ
新らし紺の風呂敷しょってさ
親方みだぃ手ぶらぶらど振って行ったでぁ
……雪に点々けぶるのは
　三つ沢山の松のむら……
清水野がら大曲野がら後藤野ど
一人で威張って歩って
大股に行くうぢはいがべぁ

向こうさ着げば撰鉱だがな運搬だがな
夜では小屋の隅こさちょこっと寝せらえで
ただの雑役人夫だがらな
……江釣子森が
　ぼうぼうと湯気をあげて
　氷醋酸の塊りのよう……
あらがだ後藤野さかがったころだ

一〇一四　春

一九二七、三、二三、

野原は残りのまだらな雪と
黝(くろ)ぶり滑(す)べる夜見来川

雲が淫(みだ)らな尾を引いて
青々沈む波羅蜜(はらみつ)山の
松のあたまをかすめて越せば
山の向こうは濁(にご)ってくらく
二すじしろい光の棒と
わずかになまめく笹(ささ)のいろ
野原はまだらな磁製(じせい)の雪と
温(ぬる)んで滑べる夜見来川

一〇一五　〔バケツがのぼって〕

一九二七、三、二三、

バケツがのぼって
鉛いろしたゴーシュ四辺形の影のなかから
いまうららかな波をたたえて
ひざしのなかにでてくると
そこに　―ひとひら―
　―なまめかしい貝―
　―へリクリサムの花冠……
一ぴきの蛾が落ちている
滑らかに強い水の表面張力から
四枚の翅を離そうとして
蛾はいっしんにもだえている
　―またたくさんの小さな気泡……
わたくしはこの早い春への突進者

鱗翅(りんし)の群の急尖鋒(きゆうせんぽう)を
温(ぬる)んでひかる気海のなかへ
再び発足(ほつそく)させねばならぬ
早くも小さな水けむり
鱗粉気泡イリデㇲセンス
春の蛾は
ひとりで水を叩(たた)きつけて
　　　　飛び立つ
　　　飛び立つ
　　飛び立つ
もういま杉の茶いろな房と
不定形な雲の間を航行する

一〇一七　開墾

野ばらの藪を
ようやくとってしまったときは
日がこうこうと照っていて
そらはがらんと暗かった
おれも太市も忠作も
そのまま笹に陥ち込んで
ぐうぐうぐうぐうねむりたかった
川が一秒九噸の針を流していて
鷺がたくさん東へ飛んだ

一九二七、三、二七、

一〇一九　札幌市

遠くなだれる灰光と
貨物列車のふるいのなかで
わたくしは湧きあがるかなしさを
きれぎれ青い神話に変えて
開拓紀念の楡の広場に
力いっぱい撒いたけれども
小鳥はそれを啄まなかった

一九二七、三、廿八、

一〇二二 〔一昨年(おととし)四月来たときは〕

一九二七、四、一、

一昨年四月来たときは
きみは重たい唐鍬(とうが)をふるい
蕗(ふき)の根をとったり
薹(とう)を截(き)ったり
朝日に翔(か)ける雪融(ゆきどけ)の風や
そらはいっぱいの鳥の声で
一万のまた千億の
新(あらた)におこした塊(かたま)りには
いちいち黒い影(かげ)を添え
杉の林のなかからは
房毛まっ白な聖重挽馬(じゅうばんば)が
こっそりはたけに下り立って
ふさふさ蹄(ひづめ)の毛もひかっていた

去年の春にでかけたときは
きみたちは川岸に居て
生温い南の風が
きみのかつぎをひるがえし
またあの人の頰を吹き
紺紙の雲には日が熟し
川が鉛と銀とをながし
楊の花芽崩れるなかに
きみは次々畦を掘り
人は尊い供物のように
牛糞を捧げて来れば
風は下流から吹いて吹いて
キャベジの苗はわずかに萎れ
風は白い砂を吹いて吹いて
もういくつもの小さな砂丘を
畑のなかにつくっていた
そしてその夏あの恐ろしい旱魃が来た

一〇二五　〔燕麦（オート）の種子をこぼせば〕

一九二七、四、四、

燕麦の種子をこぼせば
砂が深くくらく
黒雲は温（ぬる）く妊（はら）んで
一きれ、一きれ
野ばらの藪（やぶ）を渉（わた）って行く

ぼろぼろの南京袋（ナンキンぶくろ）で帆（ほ）をはって
船が一そうのぼってくる
からの酒樽（さかだる）をいくつかつけ
いっぱいの黒い流れを
むらきな南の風に吹かれて
のろのろとのぼって往（い）けば
金貨を護送する兵隊のように

人が三人乗っている
一人はともに膝(ひざ)をかかえ
二人は憎悪(ぞうお)のまなこして
岸のはたけや藪を見ながら
身構(みがま)えをして立っている
　……あれらの憎悪のひとみから
　　あらたな文化がうまれるのか……

どんより澱(よど)むひかりのなかで
上着の肩がもそもそやぶけ
どんどん翔(か)ける雲の上で
ひばりがくるおしくないている

一〇二八　酒買船

一九二七、四、五、

四斗の樽を五つもつけて
南京袋で帆をはって
ねむさや風に逆って
山の鉛が溶けて来る
重いいっぱいの流れを溯り
北の方の
泣きだしたいような雲の下へ
船はのろのろのぼって行く

みなで三人乗っている
一人はともに膝をかかえて座っているし
二人はじろじろこっちを見ながら立っている
じつにうまくないそのつら

じぶんだけせいぜいほうとうをして
それでも不満でしかたないという顔付きだ

一〇三〇　春の雲に関するあいまいなる議論

あの黒雲が
きみをぎくっとさせたとすれば
それは群集心理だな
この川すじの五十里に
麦のはたけをさくったり
桑(くわ)を截(き)ったりやっている
われらにひとしい幾万人が
いままで冬と戦って来た情熱を
うらがなしくもなつかしいおもいに変え
なにかほのかなのぞみに変えれば
やり場所のないその瞳(ひとみ)を
みなあの雲に投げている
それだけでない

一九二七、四、五、

あのどんよりと暗いもの
温んだ水の懸垂体
あれこそ恋愛そのものなのだ
炭酸瓦斯の交流や
いかさまな春の感応
あれこそ恋愛そのものなのだ

一〇三二　〔あの大もののヨークシャ豚(ぶた)が〕

一九二七、四、七、

あの大もののヨークシャ豚が
きょうははげしい金毛(ケ)に変り
独楽(こま)よりひどく傾きながら
西日をさしてかけている
かけている
かけている
まっ黒な森のへりに沿って
まだまっしぐらにかけている
追っているのは棒をかざして髪(かみ)もひかる
日本島の里長(さとおさ)のむすめ
梢枯(うらが)れかかった槻(つき)の木に
ぐらぐらゆれているのは夕日

里長が森をぽろっと出る
なにかむしゃむしゃ食いながら
小手(こて)をかざしてそらを見る

一〇三三　悪　意

一九二七、四、八、

夜のあいだに吹き寄せられた黒雲が
山地を登る日に焼けて
凄(すさ)まじくも暗い朝になった
今日の遊園地の設計には
あの悪魔(あくま)ふうした雲のへりの
鼠(ねずみ)と赤をつかってやろう
口をひらいた魚のかたちのアンテリナムか
いやしいハーデイフロックス
そういうものを使ってやろう
食うものもないこの県で
百万からの金も入れ
結局魔窟(まくつ)を拵(こしら)えあげる
そこにはふさう色調である

一〇三六　燕麦播き

白いオートの種子を播き
間に汗もこぼれれば
畑の砂は暗くて熱く
藪は陰気にくもっている
下流はしずかな鉛の水と
尾を曳く雲にもつれるけむり
つかれは巨きな孔雀に酸えて
松の林や地平線
ただ青々と横わる

一九二七、四、一一、

一〇三七　宅　地

日が黒雲の
一つの棘(とげ)にかくれれば
やけに播(ま)かれた石灰窒素(せっかいちっそ)の砂利(じゃり)畑に
さびしく桐(きり)の枝が落ち
鼻の尖(とが)った満州豚(まんしゅうぶた)は
小屋のなかから　ぽくっと斜(なな)めに
頭には石灰窒素(せっかいちっそ)をくっつけながらはね出して
玉菜(たまな)の茎をほじくりあるく
家のなかではひとり置かれた赤ん坊が
片っ方の眼(め)をつぶってねむる

一九二七、四、一三、

一〇三九　〔うすく濁った浅葱の水が〕

一九二七、四、一八、

うすく濁った浅葱の水が
けむりのなかをながれている
早池峰は四月にはいってから
二度雪が消えて二度雪が降り
いまあわあわと土耳古玉のそらにうかんでいる
そのいただきに
二すじ翔ける
うるんだ雲のかたまりに
基督教徒だというあの女の
サラーに属する女たちの
なにかふしぎなかんがえが
ぼんやりとしてうつっている
それは信仰と奸詐との

ふしぎな複合体とも見え
まことにそれは
山の啓示(けいじ)とも見え
畢竟(ひっきょう)かくれていたこっちの感じを
その雲をたよりに読むのである

一〇四〇　〔日に暈(かさ)ができ〕

一九二七、四、一九、

日に暈ができ
風はつめたい西にまわった
ああ　レーキ
あんまり睡(ねむ)い
(巨(おお)きな黄いろな芽のなかを
　ただぼうぼうと泳ぐのさ)
杉みな昏(くら)く
かげろう白い湯気にかわる

午（ひる）

一九二七、四、二〇、

ひるになったので
枯（か）れたよもぎの茎のなかに
長いすねを抱くように座（すわ）って
一ぷくけむりを吹きながら
こっちの方を見ているようす
七十にもなって丈（たけ）六尺に近く
うずまいてまっ白な髪（かみ）や鬚（ひげ）は
まずはむかしの大木彫が
日向（ひなた）へ迷って出て来たよう
日が高くなってから
巨（おお）きなくるみの被（かぶ）さった
同心（どうしん）町の石を載（の）せた屋根の下から
ひとりのっそり起き出して

鍬（くわ）をかついであちこち見ながら
この川べりをやって来た
おまえの畑は甘藍（かんらん）などを植えるより
人蔘（にんじん）やごぼうがずっといい
おれがいい種子を下（おろ）すから
一しょに組んで作らないかと
そう大声で云（い）いながら
俄（にわ）かに何を考えたのか
いままで大きく張った眼（め）が
俄かに遠くへ萎（しぼ）んでしまい
奥で小さな飴色（あめいろ）の火が
かなりしばらくともっていた
それから深く刻（きざ）まれた
顔いっぱいの大きな皺（しわ）が
氷河のように降りて来た
　それこそは
　時代に叩（たた）きつけられた
　武士階級の辛苦（しんく）の記録

　しかも殷鑑（いんかん）遠からず
　ただもうかわるがわるのはなし
折角（せっかく）の有利な企業への加入申込がないので
老いた発起人はさびしそうに
きせるはわずかにけむりをあげて
やっぱりこっちをながめている

一〇四二　〔同心町の夜あけがた〕

一九二七、四、二一、

同心町の夜あけがた
一列の淡い電燈
春めいた浅葱いろしたもやのなかから
ぼんやりけぶる東のそらの
海泡石のこっちの方を
馬をひいてわたくしにならび
町をさしてあるきながら
程吉はまた横眼でみる
わたくしのレアカーのなかの
青い雪菜が原因ならば
それは一種の嫉視であるが
乾いて軽く明日は消える
切りとってきた六本の

ヒアシンスの穂（ほ）が原因ならば
それもなかばは嫉視（しっし）であって
わたくしはそれを作らなければそれで済む
どんな奇怪（きかい）な考（かんが）えが
わたくしにあるかをはかりかねて
そういうふうに見るならば
それは懼（おそ）れて見るという
わたくしはもっと明らかに物を云（い）い
あたり前にしばらく行動すれば
間もなくそれは消えるであろう
われわれ学校を出て来たもの
われわれ町に育ったもの
われわれ月給をとったことのあるもの
それ全体への疑いや
漠然（ばくぜん）とした反感ならば
容易にこれは抜き得ない
　向こうの坂の下り口で
犬が三疋（びき）じゃれている

子供が一人ぽろっと出る
あすこまで行けば
あのこどもが
わたくしのヒアシンスの花を
呉(く)れ呉れといって叫ぶのは
　いつもの朝の恒例である
見(み)給(たま)え新らしい伯林青(ベレンス)を
じぶんでこてこて塗(ぬ)りあげて
置きすてられたその屋台店の主人は
あの胡桃(くるみ)の木の枝をひろげる
裏の小さな石屋根の下で
これからねむるのでないか

一〇四三　市場帰り

一九二七、四、二一、

雪と牛酪（バター）を
かついで来るのは詮之助（せんのすけ）
　やあお早（はよ）う
あたまひかって過ぎるのは
枝を杖（つえ）つく村老ヤコブ
　お天気ですな　まっ青ですな
並木の影を
犬が黄いろに走って行く
　お早うよ
朝日のなかから
かばんをさげたこどもらが
みんな叫（さけ）んで飛び出してくる

一〇四六　悍馬（かんば）

一九二七、四、二五、

封介の厩肥（こえ）つけ馬が
にわかにぱっとはねあがる
眼（め）が紅（あか）く　竜（りゅう）に変わって
青びいどろの春の天を
あせって掻（か）いてとろうとする
厩肥が一っつぽろっとこぼれ
封介は両手でたづなをしっかり押え
半分どてへ押（おし）つける
馬は二三度なおあがいて
ようやく巨（おお）きな頭をさげ
竜になるのをあきらめた
　雲ののろしは四方に騰（あが）り
　萱（かや）草芽を出す崖（がけ）腹に

　マグノリアの花と霞(かすみ)の青
ひとの馬のあばれるのを
なにもそんなに見なくてもいい
おまえの鍬(くわ)がひかったので
馬がこんなにおどろいたのだと
こぼれ厩肥(こえ)にかがみながら
封介はしずかにうらんで云(い)う
封介は一昨日から
くらい厩(うまや)で熱くむっとする
何百把(ば)かの厩肥をしばって
すっかりむしゃくしゃしているのだ

一〇四八　〔レアカーを引きナイフをもって〕

一九二七、四、二六、

レアカーを引きナイフをもって
この砂畑に来て見れば
うら青い雪菜の列に
微かな春の霜も下り
西の残りの月しろの
やさしく刷いたかおりも這う
しからばぼくは今日慣例の購買者に
これを配分し届けるにあたって
これらの清麗な景品をば
いかにいっしょに添えたらいいいか
しばし腕組み眺める次第
すでにひがしは黄ばらのわらいをけぶし
針を泛べる川からは

温い梵の呼吸が襲う

一〇五三　〔おい　けとばすな〕

一九二七、五、三、

おい
けとばすな
けとばすな
なあんだ　とうとう
　すっきりとしたコチニールレッド
　ぎっしり白い菌糸(きんし)の網
　こんな色彩の鮮明なものは
　この森じゅうにあとはない
　ああムスカリン
おーい！
りんと引っぱれ！
りんと引っぱれったら！
山の上には雲のラムネ

つめたい雲のラムネが湧(わ)く

一〇五六　〔秘事念仏の大元締が〕

一九二七、五、七、

秘事念仏の大元締が
今日は息子と妻を使って
北上ぎしへ陸稲播き
　なまぬるい南の風は
　川を溯ってやってくる
秘事念仏のかみさんは
乾いた牛の糞を捧げ
もう導師とも恩人とも
じぶんの夫をおがむばかり
　緑青いろの巨きな蠅が
　牛の糞をとびめぐる
秘事念仏の大元締は
麦稈帽子をあみだにかぶり

黒いずぼんにわらじをはいて
よちよちあるく烏（からす）を追う
　紺紙（こんし）の雲には日が熟し
　川は鉛と銀とをながす
秘事念仏の大元締（おおもとじめ）は
むすこがぼんやり楊（やなぎ）をながめ
口をあくのを情（なさ）けながって
どなって石をなげつける
　楊の花は黄いろに崩（くず）れ
　川ははげしい針（はり）になる
下流のやぶからぽろっと出る
紅毛（こうもう）まがいの郵便屋

一〇五八　電　車

一九二七、五、九、

銀のモナドのちらばるそらと
逞（たく）ましい村長の肩
　……ベルを鳴らしてカーヴを切る
　　ベルというより小さな銅鑼（どら）だ……
はんの木立は東邦風（とうほうふう）に
水路のへりにならんで立つ

はんの木立の向こうの方で
黒衣のこども燐酸（りんさん）を播（ま）く
　……ガンガン鳴らして飛ばして行く……
田を鋤（す）く馬と白いシャツ
胆礬（たんばん）いろの山の尾根

町へ出て行くおかみさんたち
さあっと曇(くも)る村長の顔
……うしろを過ぎるひばの木二本……
風が行ってしまった池のように
いま晴れわたる村長の顔
……ベルを鳴らして一(いっ)さん奔(はし)る……
栗(くり)の林の向こうの方で
ざぶざぶ水をわたる音
それから何か光など
崩(くず)れるようなわらい声

一〇五九　開墾地検察

一九二七、五、九、

……墓地がすっかり変わったなあ……
……なあにそれすっかり整理したもんでがす……
……ここに巨きなしだれ桜があったがねえ……
……なあにそれ
　青年団総出でやったもんでがす
　観音さんも潰されあした……
……としよりたちが負けたんだねえ……
……なあに総一ぁたった一人できかなくなって
　それで誰っても負げるんでがんす……
……苗圃のあともずいぶんひどく荒れたねえ……
……なあにそれ
　お上でうんと肥料したづんで
　これで六年無肥料でがす……

……あちこち茶いろにぶちだしている……
……はあ
苹果の枝　兎に食われあした
桜んぼの方は食いあせんで
桃もやっぱり食われあした……
……兎はとらなきゃいけないよ
それでも兎の食わない種類というんなら
花には薔薇につつじかな
果樹ではやっぱり梅だろう……
……桜んぼの方は食いませんで
苹果と桃をたべたので……
……そらそら
その苹果の樹の幽霊だろう
その谷そこに突ったって
いっぱい花をつけてるやつは……
……はあ……
……針金製の鉄索か
この崖下で切り出すんだな……

……はあ　鉛の丸五の仕事でがあす……
……そんなにこれが売れるかねえ……
……はあ
耐火性だって云(い)って売ってます……
……耐火性さなこの石は
あれだな開墾地(かいこんち)は……
……はあ
上流の橋渡って参りあす……

一〇六六　〔今日こそわたくしは〕

一九二七、五、一二、

今日こそわたくしは
どんなにしてあの光る青い虻（あぶ）どもが
風のなかから迷って来て
縄（なわ）やガラスのしきりのなかで
留守中飛んだりはねたりするか
すっかり見届けたつもりである

一〇六八　〔エレキや鳥がばしゃばしゃ翔(と)べば〕　一九二七、五、一四、

エレキや鳥がばしゃばしゃ翔べば
九基に亘(わた)る林のなかで
枯れた巨(おお)きな一本杉が
もう専門の避雷針とも見られるかたち
……きょうもまだ熱はさがらず
　Nymph, Nymbus, Nymphaea, ……
杉をめぐって水いろなのは
羊歯(しだ)から花を借りて来て
梢(こずえ)いっぱい飾(かざ)りをつけた
やくざな槲(かしわ)の樹(き)ででもあろう
……最後に
　火山屑(せつ)地帯の
小麦に就(つい)て調査せよ……

雲は淫らな尾を曳いて
しずかに森をかけちがう

一〇七二　県技師の雲に対するステートメント

一九二七、六、一、

神話乃至(ないし)は擬人(ぎじん)的なる説述は
小官のはなはだ愧(は)ずるところではあるが
仮にしばらく上古歌人の立場に於(おい)て
黒く淫らな雨雲(ニンブス)に云(い)う
小官はこの峠(とうげ)の上のうすびかりする浩気(こうき)から
またここを通る野ばらのかおりあるつめたい風から
また山谷の凄(すさ)まじくも青い刻鏤(こくろう)から
心塵身劬(しんじんしんく)ひとしくともに濯(あら)おうと
今日の出張日程に
辛(から)くも得たる数頃(すうけい)を
しかく貴重に立つのであるが
そもそも黒い雨雲よ
おまえは却(かえ)って小官に

異常な不安を持ち来し
謂わば殆んど古事記に言える
そら踏む感をなさしめる
その故けだしいかんとならば
過ぎ来し五月二旬の間
淫らなおまえら雨雲族は
西の河谷を覆って去らず
日照ために常位を欠けば
稲苗すべて徒長を来たし
あるいは赤い病斑を得た
おおよそかかる事態に於て
県下今期の稲作は
憂慮なくして観るを得ず
そらを仰いで烏乎せしことや
日日にはなはだ数度であった
然るに昨夜
かの練達の測候長は
断じて晴れの予報を通じ

今朝そら青く気は澄んで
車窓シガーのけむりをながし
峡の二十里　平野の十里
旅程（りょてい）明るく午（ひる）を越すいまを
何たる譎詐（けっさ）何たる不信
この山頂の眼路（めじ）遥かなる展望は
怒（いか）り身を嚙（か）むごとくである
第一おまえがここより東
　鶯（うぐいす）いろに装おいて
連亘（れんこう）遠き地塊を覆い
はては渺茫（びょうぼう）視界のきわみ
太洋をさえ犯すこと
第二にはかの層巻雲（そうけんうん）や
青い虚空（こくう）に逆（さか）って
おまえの北に馳（か）けること
第三　暗い気層の海鼠（なまこ）
五葉（ごよう）の山の上部に於て
あらゆる淫卑（いんぴ）なひかりとかたち

その変幻と出没を
おまえがややもはばからぬ
これらを総合して見るに
あやしくやわらかな雨雲（ニンブス）よ
たとえ数箇（すうこ）のなまめく日射（ひざ）しを許すとも
非礼の香気を風に伝えて送るとも
その灰黒の翼（つばさ）と触手（しょくしゅ）
大バリトンの流体もって
全天抛（な）げ来（き）たすおまえの意図は
はや瞭（りょう）として被（おお）い得ぬ
しかればじつに小官は
公私あらゆる立場より
満腔（まんこう）不満の一瞥（いちべつ）を
最後にしばしおまえに与え
すみやかにすみやかに
この山頂を去ろうとする

一〇七五　囈語

竟に卑怯でなかつたものは
あすこにうかぶ黒と白
積雲製の冠をとれ

一九二七、六、一三、

一〇七六　囈語

憤懣はいま疾にかわり
わたくしはたよりなく騰って
河谷のそらに横わる
しかも
水素よりも軽いので
ひかってはてなく青く
雨に生れることのできないのは
何といういらだたしさだ

一九二七、六、一三、

一〇七七　金　策

一九二七、六、三〇、

青びかりする天弧（てんこ）のはてに
うつくしく町がうかんでいる
かあいそうな町よ
金持とおもわれ
一文もなく
一文の収入もない
そしてうらまれる
辞職でござる
そこで世間というものは
中間というものをゆるさない
なにもかもみんないけない
悪口、反感
十八や十九でおとなよりも貪欲（どんよく）なこども

なにもかもみんないけない
おれは今日はもう遊ぼう
何もかも
みんな忘れてしまって
ひなたのなかのこどもになろう
甘く熟してぬるんだ風と
なにか小さなモーターの音
この花さいた〔約三字空白〕の樹(き)だ
梢(こずえ)いっぱい蜂(はち)がとび
その膠質(こうしつ)な影(かげ)のなかを
月光いろの花弁(かべん)がふり
向こうでは町がやっぱり
ひかってそらにうかんでいる

一〇七九　僚　友

一九二七、七、一、

わたくしがかつてあなたがたと
この方室に卓を並べていましたころ
たとえば今日のような明るくしずかなひるすぎに
　……窓にはゆらぐアカシヤの枝……
ちがった思想やちがったなりで
誰（だれ）かが訪ねて来ましたときは
わたくしどもはただ何げなく眼（め）をも見合わせ
またあるかなし何ともしらず表情し合いもしたのでしたが
　……崩（くず）れてひかる夏の雲……
今日わたくしが疲れて弱く
荒れた耕地やけわしいみんなの瞳（ひとみ）を避けて
おろかにもまたおろかにも
昨日の安易な住所を慕い

この方室にたどって来れば
まことにあなたがたのことばやおももちは
あなたがたにあるその十倍の強さになって
……風も燃え……
わたくしの胸をうつのです
……風も燃え　禾草(かそう)も燃える……

一〇八〇〔さわやかに刈られる蘆や〕

一九二七、七、七、

さわやかに刈られる蘆や
水ぎぼうしの紫の花
赤くただれた眼をあげて
風を見つめるその刈り手

一〇八二　〔あすこの田はねえ〕

一九二七、七、一〇〔、〕

あすこの田はねえ
あの種類では窒素（ちつそ）があんまり多過ぎるから
もうきっぱりと灌水（みず）を切ってね
三番除草はしないんだ
……一しんに畔（あぜ）を走って来て
　青田のなかに汗拭（あせふ）くその子……
燐酸（りんさん）がまだ残っていない？
みんな使った？
それではもしもこの天候が
これから五日続いたら
あの枝垂（しだ）れ葉をねえ
斯（こ）ういう風な枝垂れ葉をねえ
むしってとってしまうんだ

……せわしくうなずき汗拭くその子
　冬講習に来たときは
　　一年はたらいたあととは云（い）え
　まだかがやかな苹果（りんご）のわらいをもっていた
　いまはもう日と汗に焼け
　幾夜の不眠（ふみん）にやつれている……

それからいいかい
今月末にあの稲が
君の胸より延びたらねえ
ちょうどシャッツの上のぼたんを定規（じょうぎ）にしてねえ
葉尖（はさき）を刈（か）ってしまうんだ
……汗だけでない
　泪（なみだ）も拭いているんだな……
君が自分でかんがえた
あの田もすっかり見て来たよ
陸羽（りくう）一三二号のほうね
あれはずいぶん上手に行った
肥（こ）えも少しもむらがないし

いかにも強く育っている
硫安(りゅうあん)だってきみが自分で播(ま)いたろう
みんながいろいろ云(い)うだろうが
あっちは少しも心配ない
反当(たんあたり)三石(ごく)二斗(と)なら
もうきまったと云っていい
しっかりやるんだよ
これからの本当の勉強はねえ
テニスをしながら商売の先生から
義理で教わることでないんだ
きみのようにさ
吹雪やわずかの仕事のひまで
泣きながら
からだに刻(きざ)んで行く勉強が
まもなくぐんぐん強い芽を噴(ふ)いて
どこまでのびるかわからない
それがこれからのあたらしい学問のはじまりなんだ
ではさようなら

……雲からも風からも
透明(とうめい)な力が
そのこどもに
うつれ……

七三〇ノ二　増水

悪どく光る雲の下に
幅では二倍量では恐らく十倍になった北上は
黄いろな波をたてている
鉄舟はみな敞舎へ引かれ
モーターボートはトントン鳴らす
下流から水があくって来て
古川あとの田はもうみんな沼になり
豆のはたけもかくれてしまい
桑のはたけももう半分はやられている
かたつむりの痕のようにひかりながら
島になって残った松の下の草地と
白菜ばたけをかこんでいる
いつの間にどうして行ったのか

一九二七、八、一五、

その温い恐ろしい磯に
黒くうかんで誰か四五人立っている
一人は網をもっている
はばきをはいて封介もいる
水はすでに
この秋のわが糧を奪いたるか
屋根にのぼって展望する

厩肥の束はみなことごとく高みに運び
鍬と笊とは先刻腰まで水にひたって
辛くも奪いかえして来た

一〇二〇　野の師父

倒れた稲や萱穂の間
白びかりする水をわたって
この雷と雲とのなかに
師父よあなたを訪ねて来れば
あなたは縁に正しく座して
空と原とのけはいをきいていられます
日日に日の出と日の入りに
小山のように草を刈り
冬も手織の麻を着て
七十年が過ぎ去れば
あなたのせなは松より円く
あなたの指はかじかまり
あなたの額は雨や日や

あらゆる辛苦の図式を刻み
あなたの瞳は洞よりうつろ
この野とそらのあらゆる相は
あなたのなかに複本をもち
それらの変化の方向や
その作物への影響は
たとえば風のことばのように
あなたののどにつぶやかれます
しかもあなたのおももちの
今日は何たる明るさでしょう
豊かな稔りを願えるままに
二千の施肥の設計を終え
その稲いまやみな穂を抽いて
花をも開くこの日ごろ
四日つづいた烈しい雨と
今朝からのこの雷雨のために
あちこち倒れもしましたが
なおもし明日或は明後

日をさえ見ればみな起きあがり
恐らく所期の結果も得ます
そうでなければ村々は
今年もまた暗い冬を再び迎えるのです
この雷（かみなり）と雨との音に
物を云（い）うことの甲斐（かい）なさに
わたくしは黙（もく）して立つばかり
松や楊（やなぎ）の林には
幾すじ雲の尾がなびき
幾層のつつみの水は
灰いろをしてあふれています
しかもあなたのおももちの
その不安ない明るさは
一昨年の夏ひでりのそらを
見上げたあなたのけはいもなく
わたしはいま自信に満ちて
ふたたび村をめぐろうとします
わたくしが去ろうとして

一瞬あなたの額の上に
不定な雲がうかび出て
ふたたび明るく晴れるのは
それが何かを推せんとして
恐らく百の種類を数え
思いを尽してついに知り得ぬものではありますが
師父よもしもやそのことが
口耳の学をわずかに修め
鳥のごとくに軽佻な
わたくしに関することでありますならば
師父よあなたの目力をつくし
あなたの聴力のかぎりをもって
わたくしのまなこを正視し
わたくしの呼吸をお聞き下さい
古い白麻の洋服を着て
やぶけた絹張の洋傘はもちながら
尚わたくしは
諸仏菩薩の護念によって

あなたが朝ごと誦せられる
かの法華経の寿量の品を
命をもって守ろうとするものであります
それでは師父よ
何たる天鼓の轟きでしょう
何たる光の浄化でしょう
わたくしは黙して
あなたに別の礼をばします

一〇二一　和風は河谷いっぱいに吹く

一九二七、八、二〇、

とうとう稲は起きた
まったくのいきもの
まったくの精巧（せいこう）な機械
稲がそろって起きている
雨のあいだまっていた穎（えい）は
いま小さな白い花をひらめかし
しずかな飴（あめ）いろの日だまりの上を
赤いとんぼもすうすう飛ぶ
ああ
南からまた西南から
和風は河谷いっぱいに吹いて
汗（あせ）にまみれたシャツも乾（かわ）けば
熱した額（ひたい）やまぶたも冷える

あらゆる辛苦（しんく）の結果から
七月稲はよく分蘖（ぶんけつ）し
豊かな秋を示していたが
この八月のなかばのうちに
十二の赤い朝焼けと
湿度九〇の六日を数え
茎稈（けいかん）弱く徒長（とちょう）して
穂（ほ）も出し花もつけながら
ついに昨日のはげしい雨に
次から次と倒（たお）れてしまい
うえには雨のしぶきのなかに
とむらうようなつめたい霧（きり）が
倒れた稲を被（おお）っていた
ああ自然はあんまり意外で
そしてあんまり正直だ
百に一つなかろうと思った
あんな恐（おそ）ろしい開花期の雨は
もうまっこうからやって来て

力を入れたほどのものを
みんなばたばた倒してしまった
その代わりには
十に一つも起きれまいと思っていたものが
わずかの苗（なえ）のつくり方のちがいや
燐酸（りんさん）のやり方のために
今日はそろってみな起きている
森で埋（うず）めた地平線から
青くかがやく死火山列から
風はいちめん稲田をわたり
また栗（くり）の葉をかがやかし
いまさわやかな蒸散（じょうさん）と
透明（とうめい）な汁液（サップ）の移転
ああわれわれは曠野（こうや）のなかに
蘆（あし）とも見えるまで逞（たく）ましくさやぐ稲田のなかに
素朴（そぼく）なむかしの神々のように
べんぶしてもべんぶしても足りない

一〇八八　〔もうはたらくな〕

一九二七、八、二〇、

もうはたらくな
レーキを投げろ
この半月の曇天（どんてん）と
今朝のはげしい雷雨のために
おれが肥料を設計し
責任のあるみんなの稲が
次から次と倒（たお）れたのだ
稲が次々倒れたのだ
働くことの卑怯（ひきょう）なときが
工場ばかりにあるのでない
ことにむちゃくちゃはたらいて
不安をまぎらかそうとする
卑（いや）しいことだ

……けれどもああまたあたらしく
西には黒い死の群像が湧(わ)きあがる
春にはそれは
恋愛自身とさえも云(い)い
考えられていたではないか……

さあ一ぺん帰って
測候所へ電話をかけ
すっかりぬれる支度(したく)をし
頭を堅(かた)く縛(しば)って出て
青ざめてこわばったたくさんの顔に
一人ずつぶっつかって
火のついたようにはげまして行け
どんな手段を用いても
弁償(べんしょう)すると答えてあるけ

一〇八九　〔二時がこんなに暗いのは〕

一九二七、八、二〇、

二時がこんなに暗いのは
時計も雨でいっぱいなのか
本街道をはなれてからは
みちは烈(はげ)しく倒(たお)れた稲や
陰気なひばの木立の影(かげ)を
めぐってめぐってここまで来たが
里程(りてい)にしてはまだそんなにもあるいていない
そしていったいおれのたずねて行くさきは
地べたについた北のけわしい雨雲だ
ここの野原の土から生えて
ここの野原の光と風と土とにまぶれ
老いて盲(めし)いた大先達(せんだつ)は
なかばは苔(こけ)に埋(うず)もれて

そこでしずかにこの雨を聴く
またいなびかり
林を嘗めて行き過ぎる
雷がまだ鳴り出さないに
あっちもこっちも
気狂いみたいにごろごろまわるから水車
ハックニー馬の尻ぽのように
青い柳が一本立つ

一〇九〇　〔何をやっても間に合わない〕

一九二七、八、二〇、

何をやっても間に合わない
そのありふれた仲間のひとり
雑誌を読んで兎を飼って
巣箱もみんなじぶんでこさえ
木小屋ののきに二十ちかくもならべれば
その眼がみんなうるんで赤く
こっちの手からささげも喰えば
めじろみたいに啼きもする
そうしてそれも間に合わない
何をやっても間に合わない
その〔約五字空白〕仲間のひとり
カタログを見てしるしをつけて
グラジオラスを郵便でとり

みょうがばたけと椿のまえに
名札をつけて植え込めば
大きな花がぎらぎら咲いて
年寄りたちは勿体ながり
通りかかりのみんなもほめる
そうしてそれも間に合わない
何をやっても間に合わない
その〔約五字空白〕仲間のひとり
マッシュルームの胞子を買って
納屋をすっかり片付けて
小麦の藁で堆肥もつくり
寒暖計もぶらさげて
毎日水をそそいでいれば
まもなく白いシャムピニオンは
次から次と顔を出す
そうしてそれも間に合わない
何をやっても間に合わない
その〔約五字空白〕仲間のひとり

べっこうゴムの長靴もはき
オリーヴいろの縮みのシャツも買って着る
頬もあかるく髪もちぢれてうつくしく
そのかわりには
何をやっても間に合わない
何をやっても間に合わない
その〔約五字空白〕仲間のひとり
その〔約五字空白〕仲間のひとり

台地

一九二八、四、一二、

日が白かったあいだ
赤渋を載せたり草の生えたりした
一枚一枚の田をわたり
まがりくねった畔から水路
沖積の低みをめぐりあるいて
声もかれ眼もぼうとして
いまこの台地にのぼってくれば
紺青の山脈は遠く
松の梢は夕陽にゆらぐ
ああ排水や鉄のゲル
地形日照酸性度
立地因子は青ざめて
つかれのなかに乱れて消え

しずかにわたくしのうしろを来る
今日の二人の先達（せんだつ）は
この国の古い神々の
その二はしらのすがたをつくる
今日は日のなかでしばし高雅（こうが）の神であり
あしたは青い山羊（やぎ）となり
あるとき歪（ゆが）んだ修羅（しゅら）となる
しかもいま
松は風に鳴り
その針（はり）は陽にそよぐとき
その十字路のわかれの場所で
衷心（ちゅうしん）この人を礼拝する
何がそのことをさまたげようか

停留所にてスイトンを喫す

一九二八、七、二〇、

わざわざここまで追いかけて
せっかく君がもって来てくれた
帆立（ほたて）貝入りのスイトンではあるが
どうもぼくにはかなりな熱があるらしく
この玻璃（はり）製の停留所も
なんだか雲のなかのよう
そこでやっぱり雲でもたべているようなのだ
この田所の人たちが
苗代（なわしろ）の前や田植の後や
からだをいためる仕事のときに
薬にたべる種類のもの
除草と桑（くわ）の仕事のなかで
幾日も前から心掛（こころが）けて

きみのおっかさんが拵(こしら)えた
雲の形の膠朧体(こうろうたい)
それを両手に載(の)せながら
ぼくはただもう青くくらく
こうもはかなくふるえている
きみはぼくの隣(とな)りに座(すわ)って
ぼくがこうしている間
じっと電車の発着表を仰いでいる
あの組合の倉庫のうしろ
川岸の栗(くり)や楊(やなぎ)も
雲があんまりひかるので
ほとんど黒く見えているし
いままた稲を一株もって
その入口に来た人は
たしかこの前金矢(かなや)の方でもいっしょになった
きみのいとこにあたる人かと思うのだが
その顔も手もただ黒く見え
向こうもわらっている

ぼくもたしかにわらっているけれども
どうも何だかじぶんのことでないようなのだ
ああ友だちよ
空の雲がたべきれないように
きみの好意もたべきれない
ぼくははっきりまなこをひらき
その稲を見てはっきりと云い
あとは電車が来る間
しずかにここへ倒れよう
ぼくたちの
何人も何人もの先輩がみんなしたように
しずかにここへ倒れて待とう

穂孕期(ほばらみ)

蜂蜜(はちみつ)いろの夕陽(ゆうひ)のなかを
みんな渇(かわ)いて
稲田のなかの萱(かや)の島
観音堂へ漂い着いた
いちにちの行程は
ただまっ青な稲の中
眼路(めじ)をかぎりの
その水いろの葉筒(はづつ)の底で
けむりのような一ミリの羽
淡い稲穂(いなほ)の原体が
いまこっそりと形成され
この幾月の心労は
ぼうぼう東の山地に消える

一九二八、七、二四、

青く澱(よど)んだ夕陽のなかで
麻(あさ)シャツの胸をはだけてしゃがんだり
帽子(ぼうし)をぬいで小さな石に腰(こし)かけたり
みんな顔中稲で傷だらけにして
芬(かお)って酸(す)っぱいあんずをたべる
みんなのことばはきれぎれで
知らない国の原語のよう
ぼうとまなこをめぐらせば
青い寒天のようにもさやぎ
むしろ液体のようにもけむって
この堂をめぐる萱むらである

春と修羅

第三集補遺

〔白菜はもう〕

白菜はもう
三分の一やられたよ
　……悪どい雲だ……
鍬(くわ)もながした
　……大豆の葉が
　　水のなかで銀いろにひかっている……
おいおい封介
どなって石をなげつけたって
　……この温(ぬる)い黄いろな水だ……
来るところまでは来るよ
　……いくら封介が黒く肩を張ってどなったところで
　　水の方は
　　雲から風からひとから地物から

すっかり連鎖になって
きまってしまった巨(おお)きなもんだし
封介の方は
やっといまびっくりして
むらきにどなりだしただけだ
続けて五分もおこれない
だからもう
かたつむりの痕(あと)のようにひかりながら
うしろからも水がひたしてくるのだ……

〔西も東も〕

西も東も
山の脚（あし）まで雲が澱（よど）んで
野はらへ暗い蓋（ふた）をした
……レーキは削（けず）るじしばり、じしばり、じしばり
　川は億千の針（はり）をながす……
川上にやっと一きれ白い天末（てんまつ）
そのこっちでは
広告に大きくこさえた
煉瓦（れんが）会社の煙突（えんとつ）が　幾日ぶりかで
黒い煙（けむり）を吐（は）いている
……じしばりもいま
　やっぱり冬にはいろうとして
緑や苹果青（あお）や紅（あか）、紫（むらさき）

あらゆる色彩を支度する
それをがりがり削いてとる……
もずが一むれ溯ってくる
矢羽をそらでたたいていて
足ぶみをするようなのは
岸の小松か何かの中へ
おりたいとでもいうのだろう
（ただ済まないと思うばかり
どうしてもう恨むことなどございましょう）
煉瓦会社の煙突から
黒いけむりがのぼって行って
しずかに雨の雲にまぶれる

〔みんなは酸っぱい胡瓜を嚙んで〕

みんなは酸っぱい胡瓜を嚙んで
賦役に出ない家々から
集めた酒をのんでいる
中で権左エ門の眼は
眼がねをかけたように両方あかく
立って宰領する熊氏の顔はひげ一杯だ
梢のけむりは稲いちめんにひろがって
雨はどしどしその青い穂に注いでいる
おれはぼんやり稲の種類を答えている
さっき何べんも何べんも
あの赤砂利をかつがせられた
顔のむくんだ弱そうな子は
みんなのうしろの板の間に

座って素麺をたべている
その赤砂利を盛った新らしい土橋は
楢や杉の暗い陰気な林をしょって
やっぱり雨に打たれている
ほだのけむりがそこまで青く這っている

〔生温(なまぬる)い南の風が〕

生温い南の風が
川を溯(さかのぼ)ってやってくる
紺紙(こんし)の雲には日が熟し
川は鉛と銀とをながす
風は白い砂を吹いて吹いて
もういくつもの小さな砂丘(さきゆう)を
畑のなかにつくっている

〔降る雨はふるし〕

降る雨はふるし
倒(たお)れる稲はたおれる
たとえ百分の一しかない蓋然(がいぜん)が
いま眼(め)の前にあらわれて
どういう結果になろうとも
おれはどこへも遁(に)げられない
……春にはのぞみの列とも見え
　恋愛そのものとさえ考えられた
　鼠(ねずみ)いろしたその雲の群……
もうレーキなどほうり出して
こういう開花期に
続けて降った百ミリの雨が
どの設計をどう倒すか

眼を大きくして見てあるけ
たくさんのこわばった顔や
非難するはげしい眼に
保険をとっても弁償（べんしょう）すると答えてあるけ

〔このひどい雨のなかで〕

このひどい雨のなかで
しずかに兎(うさぎ)を飼(か)っている
いい兎なので
顔の銀いろなのもあり
めじろのようになくのもある
そしてパチパチささげをたべる
けれどもこれも間に合わない
間に合わないと云(い)ったところで
ああいうふうに若くて
頬(ほお)もあかるく
髪(かみ)もちぢれて黒いとなれば
べっこうゴムの長靴(ながぐつ)もはき
オリーヴいろの縮(ちぢ)みのシャツも買って着る

そしてにがにがわらっている
かぐらのめんのようなところがある
なにをやっても間にあわない
その親愛な仲間のひとりだ
くらく垂(た)れた桑(くわ)の林の向こうで
南のそらが灰いろにひかる

蛇踊

ここから草削をかついで行って
玉菜畑へ飛び込めば
何か仕事の推進力と風や陽ざしの混合物
熱く酸っぱい阿片のために
二時間半がたちまち過ぎる
そいつが醒めて
まわりが白い光の網で消されると
ぼくはここまで戻って来て
かくのごとくに
水をごくごく呑むのである
それなる阿片は宗教または自己陶酔の類ではないと
管先生への報告のために
手帳へ書いて置くべきらしい

ははあ向こうの石場の上に
お蛇（へび）がちゃんとお出ましだ
この萌（も）え出した柳（やなぎ）の枝で
すこし頭を叩（たた）いてやろう
お蛇も笑って待ってるらしい
蛇がどんなに笑っても
やっぱり怒（おこ）ったように見えるのは
眼（め）の形と眼のまわりの鱗（うろこ）のならびのせいなんだそうだ
こつりとひとつ　ぼくは立派な蛇遣（づか）い
叩かれてぞろぞろまわる
はなはだ艶（えん）で無器用だ
しっぽをざらざら鳴らすのは
「それ響尾蛇（がらがら）に非（あら）ざるも
蛇はその尾を鳴らすめり」
ペルシャあたりの格言通り
それともペルシャがこの格言をもたないならば
ペルシャに蛇が居なかったか
格言などを王が歴代いやがったか

二つのうちであるかもしれん
そうその姿態（ポーズ）！
「白びかりある攻勢」という主題だな
一つまわって
桃（もも）いろをした口をあく
怖（こわ）さはんぶん見栄（みえ）を切ったというものだ
お日様青く翳（かげ）りだし
川からしめった風がきて
蛇はお藪（やぶ）へ
わたしは畑へお帰りです

心象スケッチ

退耕

黒い雲が温く妊んで
一きれ一きれ
野ばらの藪を渉って行く
そのあるものは
あらたな交会を望んで
ほとんど地面を這うばかり
その間を縫って
ひとはオートの種子をまく
いきなり船が下流から出る
ぼろぼろの南京袋で帆をはって
山の鉛の溶けてきた
いっぱいの黒い流れを
からの酒樽をいくつかつけ

睡さや春にさからって
雲に吹かれて
のろのろとのぼってくれば
金貨を護送する兵隊のように
人が三人乗っている
一人はともに膝をかかえ
二人は岸のはたけや藪を見ながら
身構えをして立っている
みんなずいぶんいやな眼だ
じぶんだけ放蕩するだけ放蕩して
それでも不平で仕方ないとでもいう風
憎悪の瞳も結構ながら
あんなのをいくら集めたところで
あらたな文化ができはしない
どんより澱む光のなかで
上着の裾がもそもそやぶけ
どんどん翔ける雲の上で
ひばりがくるおしくないている

雲

青じろい天椀(てんわん)のこっちに
まっしろに雪をかぶって
早池峯山(はやちね)がたっている
白くうるんだ二すじの雲が
そのいただきを擦(かす)めている
雲はぼんやりふしぎなものをうつしている
誰(だれ)かサラーに属する女(ひと)が
いまあの雲を見ているのだ
それは北西の野原のなかのひとところから
信仰(しんこう)と譎詐(けつさ)とのふしぎなモザイクになって
白くその雲にうつっている
　（いましがわれをみるごとく
そのひといましわれをみる

みなるまことはさとれども
みのたくらみはしりがたし）
……そう
　信仰（しんこう）と譎詐（けつさ）との混合体が
　時に白玉を擬（なぞら）い得る
　その混合体はただ
　よりよい生活（くらし）を考える……
信仰をさえ装（よそお）わねばならぬ
よりよい生のこのねがいを
どうしてひとは悟（さと）らないかと
おわりにぼんやりうらみながら
雲のおもいは消えうせる
うすくにごった葱（ねぎ）いろの水が
けむりのなかをながれている

〔倒(たお)れかかった稲のあいだで〕

倒れかかった稲のあいだで
ある眼(め)は白く忿(いか)っていたし
ある眼はさびしく正視を避けた
……そして結局たずねるさきは
　地べたについたそのまっ黒な雲のなか……
ああむらさきのいなずまが
みちの粘土(ねんど)をかすめれば
一すじかすかなせせらぎは
わだちのあとをはしっている
それもたちまち風が吹いて
稲がいちめんまたしんしんとくらくなって
あっちもこっちも
ごろごろまわるからの水車だ

……幾重の松の林のはてで
うずまく黒い雲のなか
そこの小さな石に座(すわ)って
もう村村も町町も、
衰(おとろ)えるだけ衰えつくし
うごくも云(い)うもできなくなる
ただそのことを考えよう……
百万遍の石塚(いしづか)に
巫戯化(ふざけ)た柳(やなぎ)が一本立つ

表彰者

萱（かや）もたおれ稲もたおれて
野はらはいちめん
ぼんやり白い水けむり
その縁さきにちょこんと座って
翁（おきな）はうつろなまなこをあげ
そらのけはいを聴（き）いている
向こうは幾層つつみの水が
灰いろをしてあふれているし
幾群くらい松の林も
みな黒雲の脚（あし）とすれすれ
一様天地の否（ひ）のなかに
ただ桃（もも）いろの稲ずまばかり
そこらを一瞬（いっしゅん）ふしぎな邦（くに）と湧（わ）きたたせ

やがては冬も麻（あさ）を着て
せわしく過ぎた七十年を
頭ごなしに嘲（あざ）けりながら
表彰するといったふう
……匪徒（ひと）は歳（とし）ごと数も増せば
慾求（よっきゅう）の質も貢進（こうしん）する……
白くながれる雲の川に
巫戯化（ふざけ）た柳（やなぎ）が一本たつ

詩ノートより

七四四　病院

途中の空気はつめたく明るい水でした
熱があると魚のように活発で
そして大へん新鮮ですな
終わりの一つのカクタスがまばゆく燃えて居(お)りました
市街も橋もじつに光って明瞭(めいりよう)で
逢(あ)う人はみなアイスランドへ移住した
蜂雀(はちすずめ)という風(ふう)の衣裳(いしよう)をつけて居りました
あんな正確な輪廓(りんかく)は顕微鏡分析(ミクロスコープアナリーゼ)の晶形(しようけい)にも
恐(おそ)らくなかろうかと思うのであります

一九二六、一一、四、

一〇〇二　〔氷のかけらが〕

一九二七、二、一八、

氷のかけらが
海のプランクトンのように
ぴちぴちはねる朝日のなかを
黒いペンキのまだ乾(かわ)かない
電車が一つしずかに過ぎる
兵隊みたいな赤すじいりの帽子(ぼうし)をかぶった電気工夫や
またつつましくかがやいている朝の唇(くちびる)
　……ハンマアを忘れて来たな……
　　……向こうには電気炉がない……
江釣子森(えづりこ)が暗く濁(にご)ったそらのこっちを
白くひかって展開する
そのぶちぶちの杉の木が
虫めがねででも見たように

今日は大へん大きく見える
……雪の野原と
ぼそぼそ燃える山の雲……
東は茶いろな松森の向こうに
巨(おお)きな白い虹(にじ)がたつ

一〇〇四　〔今日は一日あかるくにぎやかな雪降りです〕

一九二七、三、四、

今日は一日あかるくにぎやかな雪降りです
ひるすぎてから
わたくしのうちのまわりを
巨(おお)きな重いあしおとが
幾度ともなく行きすぎました
わたくしはそのたびごとに
もう一年も返事を書かないあなたがたずねて来たのだと
じぶんでじぶんに教えたのです
そしてまったく
それはあなたの　またわれわれの足音でした
なぜならそれは
いっぱい積んだ梢(こずえ)の雪が
地面の雪に落ちるのでしたから

雪ふれば昨日のひるのわるひのき
菩薩（ぼさつ）すがたにすくと立つかな

一〇〇七　〔たんぼの中の稲かぶが八列ばかり〕

一九二七、三、一六、

たんぼの中の稲かぶが八列ばかり
雪からとけて東の方へならぶのは
せんころみんながあすこの盛(も)りを
崩(くず)して土を運んだあとになっている
　赤い毛布(けっと)を足にも巻けば
　藍靛(らんてん)いろの影(かげ)もおとした
そこに一本仕とげた仕事の紀念(きねん)のように
新らしい杭(くい)が立っている
　まわりはぐみと楊(やなぎ)の木
なあに金出す人ぁ困らなぃ人だがらと
たくましくそしてほのかにわらいながら
あいつが夜に云(い)っていた
風が吹いて松並木に雪もふれば

稀薄な山と新道の松の間を
くっきり白いけむりを吐いて汽車も行く

一〇〇九　運転手

一九二七、三、一九、

電信ばしらの乱立と
　……ベンベロ取りさ行がないが……
　……あしたやすみだべ……

Type
　a form
　　on off………洋電機株式会社

おれはいま巨(おお)きな演奏家たちが
ピアノを弾き出す前のように
平らにだ輪に掌(てのひら)を置く

　ファーストスロープ
ここを過ぎればもう一キロほど
　見とおしの利(き)く直線なんだ

藍いろの山のこっちの
蕈のかたちの松ばやし
防火線白くめぐり

子供らそばで電車を見ようとかけるかける
その雪ばかまの短い脚したこどもらよ
黝ずむ松のむらばやし

Up　一　二　五

第二スロープ　ダウン　一　三　二
M——1/2　↑　三　三
はん、材料置場第二号
もうはんのきとかわやなぎ
瀬川の岸にもうやってきた
寒さで線路はよれて
　平夷な岡と三角山

注意鳴笛

それやった
　橋だ橋だぞ
濁(にご)った川だ
誰(だれ)か泥棒のように
黒い脚(あし)で横へそれた
ひばのかきね

一〇一〇〔火がかがやいて〕

一九二七、三、一九、

　火がかがやいて
　けむりも青くすきとおってあがる
　よくみがかれた板の間と
　ぼそぼそ煤（すす）けた火棚（ひだな）の鍵（かぎ）
この家は
おかっぱの
頰（ほお）の赤いこどもらでいっぱいだ
　　雪はしずかに外でとけ
　　またその雪のほの白い反射
その一人のこどもが
紺（こん）の雪ばかまをはき羽織（はおり）を着て
板の間に別々影（かげ）と影法師を落として
だまって立っておれを見ている

おれを見ている
見ている
おれもだまって見ていると
むすめの頬(ほお)はゆがむゆがむ
どうして
おれはぼろぼろの服を着て
銀の鉛筆をさげたえらい先生なのだ

向こうへ行くのに
肩をそびやかして
そんなにくるっとまわるのは
まるでほんとの剣舞(けんばい)の風だ
……曇(くも)ったガラス障子(しょうじ)の向こうは
何かおかしな廊下(ろうか)になっていて
その黄な粗壁(あらかべ)の土蔵(どぞう)の前には
もうたくさんのこどもらがあつまっている……
さっきのおかっぱのあのむすめが
膳(ぜん)をわざわざみんなの前へ持ってきて
板の間へちゃんと座(すわ)って食べはじめる

白い粥（かゆ）を盛（も）った二つの椀（わん）を前に置いて
だまって箸（はし）をなめている
　　影（かげ）は二っつ
横目でそっとこっちを見ながらたべはじめる
　　　　　　　　　　　　　　たべている
榾火（ほだび）はいまおきにかわって
　　あっちもこっちも影法師

さあ　さあ　向こうへいかがですか

一〇二一〔ひるすぎになってから〕

一九二七、三、一九、

ひるすぎになってから
東のそらはうす甘く赤くなり
そこにたくさんの黒い実をつけたはんの梢（こずえ）や
古風な松の森が盛（も）りあがったのです
　……ひはうつくしい
　　孔雀（くじゃく）石いろに着飾って
　　あえかな雪を横切った……
みみずくの頭の形した鳥ヶ森もひかり
　　テーブルランド　テーブルランド
凍（こお）ったその小さな川に沿って
いくつものさびしい雪のテレースが
日の裏側を
木のないとがった岩頭（がんけい）までつづけば

天の焦点は雪ぐもの向こうの白い日輪
　つらなる黒い林のはてに
また亜鉛（あえん）いろの雪のはてに
ノスタルジヤ農学校の
ほそ長く白い屋根が見える

一〇一三　〔洪積世（こうせきせい）が了（おわ）って〕

一九二七、三、二一、

洪積世が了って
北上川（きたかみ）がいまの場所に固定しだしたころには
ここらはひばや
はんやくるみの森林で
そのところどころには
そのいそがしく悠久（ゆうきゅう）な世紀のうちに
山地から運ばれた漂礫（ひょうれき）が
あちこちごちゃごちゃ置かれてあった
それはその後八万年の間に
あるいはそこらの著名な山岳（さんがく）の名や
古い鬼神の名前を記されたりして
いま秩序よく分散する

一〇一六　〔黒つちからたつ〕

一九二七、三、二六、

黒つちからたつ
あたたかな春の湯気が
うす陽と雨とを縫ってのぼる
　……西にはひかる
　　白い天のひときれもあれば
　　たくましい雪の斜面もあらわれる……
きみたちがみんな労農党になってから
それからほんとのおれの仕事がはじまるのだ
　……ところどころ
　　みどりいろの氈をつくるのは
　　春のすずめのてっぽうだ……
地雪と黒くながれる雲

一〇一八　〔黒と白との細胞のあらゆる順列をつくり〕　三、廿八、

黒と白との細胞のあらゆる順列をつくり
それをばその細胞がその細胞自身として感じていて
それが意識の流れであり
その細胞がまた多くの電子系順列からできているので
畢竟（ひっきょう）わたくしとはわたくし自身が
わたくしとして感ずる電子系のある系統を云（い）うものである

一〇二〇 〔労働を嫌忌(けんき)するこの人たちが〕

三、廿八、

労働を嫌忌するこの人たちが
またその人たちの系統が
精神病としてさげすまれ
ライ病のように恐(おそ)れられるその時代が
崩(くず)れる光の塵(ちり)といっしょにとうとう来たのだ

一〇二一　〔あそこにレオノレ星座が出てる〕

三、廿八、

あそこにレオノレ星座が出てる
……そんな馬鹿なこと相手になっていられるか……
ぼうとした市街のコロイダーレな照明の上にです
北は銀河の盛(も)りあがり
……社会主義者が行きすぎる……

一〇二四　ローマンス

四、二、

そらがまるっきりばらいろで
そこに一本若いりんごの木が立っている
Keolg Kol.　おやふくろうがないてるぞ
山の上の電燈（とう）から
市街の寒天質（アガーチナアス）な照明まで
Keolg Kol.　わるいのでしょうか

黒いマントの中に二人は
青い暈環（うんかん）を感じ
少年の唇（くちびる）はセルリーの香（かおり）
少女の頬（ほお）はつめくさの花

Keolg Kohl.

ぼく永久に
あなたへ忠節をちかいます

一〇二九　〔あんまり黒緑なうろこ松の梢なので〕

四、五、

あんまり黒緑なうろこ松の梢なので
そのいちいちの枝も針もとがりとがり
そこにつめたい風の狗が吠え
あめはつぶつぶ降ってくる

いまいったい何時なのだろう
今日は日が出ていないのでわからない
けれども鉛筆を掌にたてて
薄い影ぐらいはできるだろう
いやこう立ててはいけない
もっと臥せて掌に近くしなければだめだ
あんまり西だ
もう午ちかいつかれや胸の熱しようなのに

鉛筆を臥せてはいけないのだ
それは投影になるためだ
　向こうの橋の東袂へ影が落ちれば
大ていひるまにきまっている
こんど磁石をもってきて
北を何かに固定しよう
けれどもそれは畑のなかでの位置によってもちがいがある
いやそうでない
なるべく遠い
山の青びかりする尖端とか
氷河の稜とかをとりさえすれば
わずかな誤差で済む
風が東にかわれば
その重くなつかしい春の雲の縞が
ゆるやかにゆるやかに北へながれる

一〇三一〔いま撥(は)ねかえるつちくれの蔭(かげ)〕

一九二七、四、七、

いま撥ねかえるつちくれの蔭
古びて緑な陶器の蛙(かえる)
その蛙またはねかえり
次の土くれはねかえり
まだねむっている春の蛙だ
うごかないのは陶製のため
つぎのつちくれいまかかり
蛙よ
こんどは　四五日たって
唐檜(とうひ)をここに植えるのだ
そのときまでに
眼(め)をさまして外へ出てろよ

一〇三四　〔ちぢれてすがすがしい雲の朝〕

一九二七、四、八、

ちぢれてすがすがしい雲の朝
烏二羽
谷によどむ氷河の風の雲にとぶ
いま
スノードンの峯のいただきが
その二きれの巨きな雲の間からあらわれる
　下では権現堂山が
北斎筆支那の絵図を
　パノラマにして展げている
北はぼんやり蛋白彩のまた寒天の雲
　遊園地の上の朝の電燈
ここらの野原はひどい酸性で
灰いろの蘚苔類しか生えないのです

筑摩書房 新刊案内

●2017. 11

●ご注文・お問合せ
筑摩書房サービスセンター
さいたま市北区櫛引町2-604
☎048(651)0053 〒331-8507

この広告の表示価格はすべて定価(本体価格＋税)です。
※刊行日・書名・価格など変更になる場合がございます。

http://www.chikumashobo.co.jp/

サクラ・ヒロ

タンゴ・イン・ザ・ダーク

本当に大切な人とは、何度でも出会う

地下室に引きこもる妻に「僕」はなんとか会おうとするのだが――。不安、官能、追憶、愛。夫婦間に横たわる光と闇を幻想的に描いた、第33回太宰治賞受賞作。 80476-1 四六判（11月下旬刊）予価1500円＋税

柳家さん喬

噺家の卵 煮ても焼いても

――落語キッチンへようこそ！

人間国宝・柳家小さんに弟子入りして五十年、いまや弟子十一人を抱える古典落語の大看板が、修業の日々から噺の料理の仕方、弟子の育て方までたっぷり語ります。 81540-8 四六判（11月上旬刊）2000円＋税

6桁の数字はJANコードです。頭に978-4-480をつけてご利用下さい。

飯田隆

新哲学対話

――ソクラテスならどう考える？

「よい／悪い」に客観的な基準はあるのか？ 人工知能と人間は本当に違うのか――ソクラテスと古代の賢人たちが現代の哲学的難問を大激論！ 甦る知の饗宴。

84314-2 四六判（11月上旬刊） 2300円＋税

モーリス・ブランショ

湯浅博雄／岩野卓司／郷原佳以／西山達也／安原伸一朗訳

終わりなき対話

――Ⅲ 書物の不在（中性的なもの、断片的なもの）

言語活動の不可能性から始まった「対話」は、どこに辿り着くのか。作品でもなく書物でもなく、断片化するエクリチュールが開く新たな世界とは。伝説の名著完結。

77553-5 A5判（11月下旬刊） 予価5200円＋税

天沢退二郎／入沢康夫 監修 **栗原敦／杉浦静** 編

宮沢賢治コレクション〈全10巻〉

8 春と修羅 第三集・口語詩稿ほか

――詩Ⅲ

主に「生活」や「現実」をテーマにした作品を多く集めた「春と修羅 第三集」と補遺全篇と同テーマを多く含んだ「詩ノート」、口語詩稿より数十篇を収録する。

70628-7 四六判（11月下旬刊） 2500円＋税

6桁の数字はJANコードです。頭に978-4-480をつけてご利用下さい。

11月の新刊 ●15日発売

筑摩選書

0152
陸軍中野学校
早稲田大学名誉教授／一橋大学名誉教授
山本武利
▼「秘密工作員」養成機関の実像
日本初のインテリジェンス専門機関を記した公文書が新たに発見された。謀略研究の第一人者が当時の秘密戦工作の全貌に迫り史的意義を検証する、研究書決定版。
01658-4
1700円+税

好評の既刊 ＊印は10月の新刊

独仏「原発」二つの選択
篠田航一／宮川裕章 現実と苦悩をルポルタージュ
01641-6 1600円+税

〈業〉とは何か——行為と道徳の仏教思想史
平岡聡 不条理な現実と救済の論理の対決
01645-4 1600円+税

ローティ——連帯と自己超克の思想
冨田恭彦 プラグマティズムの最重要な哲学者の思想を読みとく
01644-7 1700円+税

宣教師ザビエルと被差別民
沖浦和光 西洋からアジア・日本へ、布教の真実とは？
01647-8 1500円+税

ソ連という実験——国家が管理する民主主義は可能か
松戸清裕 一党制・民意・社会との協働から読みとく
01642-3 1800円+税

「働く青年」と教養の戦後史——「人生雑誌」と読者のゆくえ
福間良明 大衆教養主義を担った勤労青年と「人生雑誌」を描く！
01648-5 1800円+税

徹底検証 日本の右傾化
塚田穂高 編著 第一級の書き手たちが総力を上げて検証！
01649-2 1800円+税

アナキスト民俗学——尊皇の官僚・柳田国男
絓秀実／木藤亮太 「国民的」知識人の実像を鋭く描く
01650-8 1800円+税

アガサ・クリスティーの大英帝国——名作ミステリと「観光」の時代
東秀紀 観光学で読みとくクリスティーの大英帝国
01652-2 1600円+税

楽しい縮小社会——「小さな日本」でいいじゃないか
森まゆみ／松久寛 少子化も先進国のマイナス成長も悪くない
01651-5 1500円+税

帝国軍人の弁明——エリート軍人の自伝・回想録を読む
保阪正康 当事者による証言、弁明、そして反省
01654-6 1500円+税

日本語と道徳——本心・正直・誠実・智恵はいつ生まれたか
西田知己 中世から現代まで倫理観の意外な様変わり！
01655-3 1600円+税

新・風景論——哲学的考察
清水真木 絶景とは何か？ 西洋精神史をたどる哲学的考察
01653-9 1500円+税

文明としての徳川日本——一六〇三—一八五三年
芳賀徹 比較文化史の第一人者による徳川文明の全て！
01646-1 1800円+税

＊憲法と世論——戦後日本人は憲法とどう向き合ってきたのか
境家史郎 憲法観の変遷を鋭く浮かび上がらせた労作！
01656-0 1700円+税

＊神と革命——ロシア革命の知られざる真実
下斗米伸夫 宗教が革命にどう関与したか、軌跡を描く
01657-7 1800円+税

6桁の数字はJANコードです。頭に978-4-480をつけてご利用下さい。

11月の新刊 ●10日発売

ちくま文庫

家庭の事情

源氏鶏太

今、読まないのはもったいない!!

父・平太郎は退職金と貯金の全財産を5人の娘と自分で6等分にした。すると各々の使い道からドタバタ劇が巻き起こって、さあ大変?!　（**印南敦史**）

43477-7
780円+税

あるフィルムの背景

結城昌治　日下三蔵 編

●ミステリ短篇傑作選

昭和に書かれた極上イヤミス

普通の人間が起こす歪んだ事件、そこに至る絶望を描き、思いもよらない結末を鮮やかに提示する。昭和ミステリの名手、オリジナル短篇集。

43476-0
840円+税

あひる飛びなさい

阿川弘之

敗戦のどん底のなかで、国産航空機誕生の夢を実現させようとする男たち。仕事に家庭に恋に精一杯生きた昭和の人々を描いた傑作小説。　（**阿川淳之**）

43478-4
860円+税

絶望図書館

頭木弘樹 編

●立ち直れそうもないとき、心に寄り添ってくれる12の物語

心から絶望したひとへ、絶望文学の名ソムリエが古今東西の小説、エッセイ、漫画等々からぴったりの作品を紹介。前代未聞の絶望図書館へようこそ！

43483-8
840円+税

はじめての暗渠散歩

本田創／髙山英男／吉村生／三土たつお

●水のない水辺をあるく

失われた川の痕跡を探して散歩すれば別の風景が現れる。橋の跡、コンクリ蓋、銭湯や豆腐店等水に関わる店。ロマン溢れる町歩き。帯文＝泉麻人

43481-4
760円+税

6桁の数字はJANコードです。頭に978-4-480をつけてご利用下さい。
内容紹介の末尾のカッコ内は解説者です。

好評の既刊

＊印は10月の新刊

焼肉大学
鄭大聲
業界のご意見番による焼肉うんちく本の決定版を、文庫化。あの有名店もこの有名店も、みんなこの本で学んでいる！
（金信彦焼肉トラジ社長）
43480-7 780円+税

紅茶と薔薇の日々
森茉莉 早川茉莉 編 甘くて辛くて懐かしい！ 解説・辛酸なめ子
43380-0 740円+税

贅沢貧乏のお洒落帖
森茉莉 早川茉莉 編 鷗外好みの帯に舶来の子供服。解説・黒柳徹子
43404-3 780円+税

幸福はただ私の部屋の中だけに
森茉莉 早川茉莉 編 贅沢貧乏の愛しい生活。解説・松田青子
43438-8 760円+税

仁義なきキリスト教史
架神恭介 世界最大の宗教の歴史がやくざ抗争史として甦える！
43403-6 880円+税

青春怪談
獅子文六 昭和の傑作ロマンティック・コメディ、遂に復刊！
43408-1 880円+税

聞書き 遊廓成駒屋
神崎宣武 名古屋・中村遊郭の制度、そこに生きた人々を描く
43398-5 840円+税

マウンティング女子の世界 ●女は笑顔で殴りあう
瀧波ユカリ／犬山紙子 やめられない「私の方が上ですけど?」
43431-9 700円+税

消えたい ●虐待された人の生き方から知る心の幸せ
高橋和巳 人間の幸せに、本当に必要なものは何なのだろうか?
43432-6 780円+税

自由な自分になる本 増補版 ●SELF CLEANING BOOK2
服部みれい 心身健やかに！ 解説・川島小鳥
43430-2 780円+税

ブコウスキーの酔いどれ紀行
チャールズ・ブコウスキー 名言連発！ 伝説的作家の笑えて切ないヨーロッパ紀行
43435-7 840円+税

セルフビルドの世界 ●家やまちは自分で作る
石山修武＝文 中里和人＝写真 驚嘆必至！ 手作りの家
43440-1 1400円+税

末の末っ子
阿川弘之 著者一家がモデルの極上家族エンタメ
43444-9 980円+税

英絵辞典 ●目から覚える6000単語
岩田一男／真鍋博 真鍋博のイラストで学ぶ幻の英単語辞典
43442-5 1100円+税

半身棺桶
山田風太郎 飄々と冴えわたる風太郎節
43458-6 1000円+税

バナナ
獅子文六 獅子文六の魅力がつまったドタバタ青春物語
43464-7 880円+税

ビブリオ漫画文庫
山田英生 編 本がテーマのマンガ集。水木、つげ、楳図ら18人を収録
43468-5 780円+税

新版 女興行師 吉本せい ●浪花演藝史譚
矢野誠一 朝ドラ『わろてんか』放映にあわせて新版で登場！
43471-5 680円+税

箱根山
獅子文六 これを読まずして獅子文六は語れない！
43470-8 880円+税

＊**ほんとうの味方のつくりかた**
松浦弥太郎 必ずあなたの「力」になってくれる
43473-9 680円+税

＊**笑いで天下を取った男** ●吉本王国のドン
難波利三 朝ドラ『わろてんか』が話題
43467-8 880円+税

6桁の数字はJANコードです。頭に978-4-480をつけてご利用下さい。

11月の新刊 ●10日発売 ちくま学芸文庫

ハリウッド映画史講義
蓮實重彦 ■翳りの歴史のために
「絢爛豪華」の神話都市ハリウッド。時代と不幸な関係をとり結んだ「一九五〇年代作家」を中心に、その崩壊過程を描いた独創的映画論。（三浦哲哉）
09828-3 1100円＋税

現代語訳 応仁記
志村有弘 訳
応仁の乱——美しい京の町が廃墟と化すほどのこの大乱はなぜ起こり、いかに展開したのか。室町時代に書かれた軍記物語を平易な現代語訳で。
09826-9 1000円＋税

社会分業論
エミール・デュルケーム 田原音和 訳
人類はなぜ社会を必要としたか。社会はいかにして発展するか。近代社会学の嚆矢をなすデュルケーム畢生の大著を定評ある名訳で送る。（菊谷和宏）
09831-3 1800円＋税

鏡の背面 ■人間的認識の自然誌的考察
コンラート・ローレンツ 谷口茂 訳
人間の認識システムはどのように進化してきたのか、そしてその特徴は。ノーベル賞受賞の動物行動学者が試みた抱括的知識による壮大な総合人間哲学。
09832-0 1600円＋税

定本 葉隠〔全訳注〕中（全3巻）
山本常朝／田代陣基 著 佐藤正英 校訂 吉田真樹 監訳注
常朝の強烈な教えに心を衝き動かされた陣基は、武士のあるべき姿の実像を求める。中巻では、治世と乱世という時代認識に基づく新たな行動規範を模索。
09822-1 1500円＋税

素読のすすめ
安達忠夫
素読とは、古典を繰り返し音読すること。内容の理解は考えない。言葉の響きやリズムによって感性を耕し、学びの基礎となる行為を平明に解説する。
09818-4 1200円＋税

6桁の数字はJANコードです。頭に978-4-480をつけてご利用下さい。
内容紹介の末尾のカッコ内は解説者です。

chikuma primer shinsho

ちくまプリマー新書

（さいしょのしんしょ）

★11月の新刊　●9日発売

287　なぜと問うのはなぜだろう
東京工業大学名誉教授　吉田夏彦
ある／ないとはどういうことか？　人は死んだらどこへ行くのか——永遠の問いに自分の答えをみつけるための、哲学的思考法への誘い。伝説の名著、待望の復刊！
68990-0　700円+税

288　ヨーロッパ文明の起源
東京造形大学教授　池上英洋
▼聖書が伝える古代オリエントの世界
ヨーロッパ文明の草創期には何があり、人類はどのようにそれを築いていったか——。聖書や神話、遺跡などをてがかりに、「文明のはじまり」の姿を描き出す。
68992-4　860円+税

好評の既刊　＊印は10月の新刊

アイドルになりたい！　中森明夫　面白くて役に立つ本格的なアイドル入門本！　68972-6　780円+税
はじめての哲学的思考　苫野一徳　哲学の力強い思考法をわかりやすく紹介する　68981-8　840円+税
先生は教えてくれない大学のトリセツ　田中研之輔　卒業後に向けて、大学を有効利用する方法を教えます　68982-5　820円+税
大人を黙らせるインターネットの歩き方　小木曽健　大人も知らないネットの使い方、教えます　68983-2　820円+税
建築という対話——僕はこうして家をつくる　光嶋裕介　建築家には何が大切か、その学び方を示す　68980-1　880円+税
高校図書館デイズ——生徒と司書の本をめぐる語らい　成田康子　本と青春を巡るかけがえのない13の話　68984-9　840円+税

これを知らずに働けますか？——学生と考える、労働問題ソボクな疑問30　竹信三恵子　働く人を守る仕組みを知り、最強の社会人になろう　68985-6　840円+税
歴史に「何を」学ぶのか　半藤一利　「いま」を考える、歴史探偵術の奥義！　68987-0　880円+税
「いじめ」や「差別」をなくすためにできること　香山リカ　見ないふりをしない、それだけで変わる！　68988-7　780円+税
13歳からの「学問のすすめ」　福澤諭吉　齋藤孝 訳／解説　名著をよりわかりやすい訳文と解説で　68986-3　840円+税
＊**人生を豊かにする学び方**　汐見稔幸　21世紀に必要な新しい知性を身につけよう！　68991-7　780円+税
＊**リアル人生ゲーム完全攻略本**　架神恭介／至道流星　人生はクソゲーだ！　本書なしでは　68989-4　840円+税

6桁の数字はJANコードです。頭に978-4-480をつけてご利用下さい。

11月の新刊 ●9日発売

1287-1
人類五〇〇〇年史I
▼紀元前の世界
ライフネット生命保険株式会社創業者
出口治明

人類五〇〇〇年の歩みを通読する、新シリーズの第一巻、ついに刊行！　文字の誕生から知の爆発の時代まで紀元前三〇〇〇年の歴史をダイナミックに見通す。

06991-7
820円+税

1288
これからの日本、これからの教育
前文部科学省事務次官
前川喜平／
京都造形芸術大学教授
寺脇研

加計問題での勇気ある発言で時の人となった前文科省事務次官の前川喜平氏と、「ミスター文部省」と言われた寺脇研氏が、この国の行政から教育まで徹底討論。

07106-4
860円+税

1289
ノーベル賞の舞台裏
共同通信ロンドン支局取材班 編

人種・国籍を超えた人類への貢献というノーベルの理想、しかし現実は。名誉欲や政治利用など、世界最高の権威ある賞の舞台裏を、多くの証言と資料で明らかに。

07103-3
900円+税

1290
流罪の日本史
歴史学者
渡邊大門

地位も名誉も財産も剥奪された罪人は、縁もゆかりもない遠隔地でどのように生き延びたのか。彼らの罪とは。事件の背後にあった、闘争と策謀の壮絶なドラマとは。

06999-3
860円+税

1291
日本の人類学
京都大学総長
山極寿一／
東京大学名誉教授
尾本恵市

人類はどこから来たのか？　ヒトはなぜユニークなのか？　東大の分子人類学と京大の霊長類学を代表する二大巨頭が、日本の人類学の歩みと未来を語り尽くす。

07100-2
880円+税

1292
朝鮮思想全史
京都大学教授
小倉紀蔵

なぜ朝鮮半島では思想が炎のように燃え上がるのか。古代から現代韓国・北朝鮮まで、さまざまに展開されてきた思想を霊性的視点で俯瞰する。初めての本格的通史。

07104-0
1100円+税

6桁の数字はJANコードです。頭に978-4-480をつけてご利用下さい。

権現堂山はこんどは酸(す)っぱい
　修羅(しゅら)の地形を刻みだす
萱野(かやの)のなかにマント着て立つ三人の子
聡明(そうめい)さと影(かげ)と
また擦過(さつか)する鳥の影
東根山のそのコロナ光り
姫神から盛岡(もりおか)の背後にわたる花崗(かこう)岩地が
いま寒冷な北西風と
湿(しめつ)ぽい南の風とで
大混乱の最中(さいちゅう)である
氷霧(ひょうむ)や雨や
東にはあたらしい雲の白髪
　　……罪(つみ)あるものは
　　　またのぞみあるものは
　　その胸をひじかけに投げてねむれ……
はたらくべき子ら
まなぶとて町にありしに
その歯なみうつくしくかがやきにけり

毛布着て
また赤き綿ネルのかつぎして
八時始めの学校に行く子ら
遊園地ちかくに立ちしに
村のむすめらみな遊び女(め)のすがたとかわりぬ
そのあるものは
なかばなれるポーズをなし
あるものはほとんど完(まった)きかたちをなせり
ひと炭をにないて
大股(おおまた)に線路をよこぎりしに
学校通いの子らあまた走りしたがえり
ひがしの雲いよいよ
その白金属の処女性を増せり
……権現堂やまはいま
須弥山(しゅみせん)全図を彩(いろど)りしめす……
けむりと防火線
……権現堂やまのうしろの雲
かぎりない意慾(いよく)の海をあらわす……

浄居(じょうこ)の諸天
高らかにうたう
　その白い朝の雲

一〇三五　〔えい木偶のぼう〕

一九二七、四、十一、

えい木偶のぼう
かげろうに足をさらわれ
桑の枝にひっからまられながら
しゃちほこばって
おれの仕事を見てやがる
黒股引の泥人形め
川も青いし
タキスのそらもひかってるんだ
はやくみんなかげろうに持ってかれてしまえ

一〇三八　疑う午

きみははっきり
あの白い円い像を
あの正南のそらに見たのか
あすこらの雲がひどくひかっていたぐらいでは
午という証拠に不足だろう

一九二七、四、一三、

一〇四一　清潔法施行

清潔法といったって
階下には青い藺草(いぐさ)の敷物(しきもの)一枚だけだし
あとは
まわりの
笹(ささ)やちがやに火をつければ
しばらくたって
路(みち)と
家とがきれいに残る筈(はず)なのだ

一九二七、四、一九、

一〇四四 〔青ぞらは〕

一九二七、四、二二、

青ぞらは
ひとの白い咽喉(のど)を射る
山鳩(やまばと)ねむげにつぶやくひるま
風の軋(きし)りと wind gap の上の巨(おお)きな石窟(せっくつ)

一〇四五　〔桃いろの〕

一九二七、四、二四、

桃いろの
アガーチナスな春より少しおくれて
ぼんやりした黄いろの巨きな鳥がやってきた
それはそこらのまだつめたい空間に
光るペッパーの点々をふりまき
またひとびとの粗暴なちからを盗みあつめて
ちょうど太陽に熟した黄金の棘ができるころ
東の方へ飛んで行ったのだ
そうして
この歳はもうみんなには
仕事のなかに芸術を感じ得る
その力強さが喪われていた

一〇四七 〔川が南の風に逆って流れているので〕 一九二七、四、二五、

川が南の風に逆って流れているので
そのいろも紋もあやしく踊っている
……塩を食べ水をのみ
　塩を食べ水をのみ……
わずかな積雲が崩れて赭くなり
山地で少しの雨を降らせれば
その中でぼんやりかすむ早池峰の雪の稜
……そのときにもしも
　　トラクターの
　一つの螺旋が落ちたなら
清教徒たちがみんないっしょに祈るであろう……
楊みなめぐみ
野ばらの蔓一斉にゆすれるなかを

ぼろぼろの暗いカーテンが
次から次とその南から飛んでくる

一〇四九　基督（キリスト）再臨

一九二七、四、二六、

風が吹いて
日が暮れかかり
麦のうねがみな
うるんで見えること
石河原の大小の鍬（くわ）
まっしろに発火しだした

また労（つか）れて死ぬる支那（シナ）の苦力（クーリー）や
働いたために子を生み悩む農婦たち
また、、、、　　の人たちが
みなうつつとも夢ともわかぬなかに云（い）う
おまえらは
わたくしの名を知らぬのか

わたくしはエス
おまえらに
ふたたび
あらわれることをば約したる
神のひとり子エスである

一〇五〇〔何もかもみんなしくじったのは〕

一九二七、四、二八、

何もかもみんなしくじったのは
どれもこっちのてぬかりからだ
電燈(とう)が霧(きり)のなかにつきのこり
川で顔を洗う子と
橋の方では太くたつ町の黒けむり

一〇五一　〔あっちもこっちもこぶしのはなざかり〕

一九二七、四、二八、

あっちもこっちもこぶしのはなざかり
角（つの）をも蹄（ひづめ）をもけぶす日なかです
名誉村長わらってうなずき
やなぎもはやくめぐりだす
はんの毬果（きゅうか）の日に黒ければ
正確なる時計は蓋（けだ）し巨（おお）きく
憎悪（ぞうお）もて鍛えられたるその瞳（ひとみ）は強し
　小さな三角の田を
三本鍬（ぐわ）で日なかに起すことが
いったいいつまで続くであろうか
氷片と光を含む風のなかに立ち
老いし耕者もわらいいしなれ

一〇五三　政治家

一九二七、五、三、

あっちもこっちも
ひとさわぎおこして
いっぱい呑(の)みたいやつらばかりだ
　羊歯(しだ)の葉と雲
　　世界はそんなにつめたく暗い
けれどもまもなく
そういうやつらは
ひとりで腐(くさ)って
ひとりで雨に流される
あとはしんとした青い羊歯ばかり
そしてそれが人間の石炭紀であったと
どこかの透明(とうめい)な地質学者が記録するであろう

一〇五四 〔何と云（い）われても〕

何と云われても
わたくしはひかる水玉
つめたい雫（しずく）
すきとおった雨つぶを
枝いっぱいにみてた
若い山ぐみの木なのである

五、三、

一〇五六　〔サキノハカという黒い花といっしょに〕

サキノハカという黒い花といっしょに
革命がやがてやってくる
ブルジョアジーでもプロレタリアートでも
おおよそ卑怯な下等なやつらは
みんなひとりで日向へ出た蕈のように
潰れて流れるその日が来る
やってしまえやってしまえ
酒を呑みたいために尤らしい波瀾を起こすやつも
じぶんだけで面白いことをしつくして
人生が砂っ原だなんていうにせ教師も
いつでもきょろきょろひとと自分とくらべるやつらも
そいつらみんなをびしゃびしゃに叩きつけて
その中から卑怯な鬼どもを追い払え

それらをみんな魚や豚につかせてしまえ
はがねを鍛えるように新らしい時代は新らしい人間を鍛える
紺いろした山地の稜をも砕け
銀河をつかって発電所もつくれ

一〇五七　〔古びた水いろの薄明穹（はくめいきゅう）のなかに〕

五、七、

古びた水いろの薄明穹のなかに
巨（おお）きな鼠（ねずみ）いろの葉牡丹（はぼたん）ののびたつころに
パラスもきらきらひかり
町は二層の水のなか
　そこに二つのナスタンシヤ焔（えん）
またアークライトの下を行く犬
　　そうでございます
　このお児（こ）さんは
　植物界に於（お）ける魔術師になられるでありましょう
月が出れば
たちまち木の枝の影（かげ）と網（あみ）
　そこに白い建物のゴシック風の幽霊（ゆうれい）

肥料を商うさびしい部落を通るとき
その片屋根がみな貝殻に変装されて
海りんごのにおいがいっぱいであった

むかしわたくしはこの学校のなかったとき
その森の下の神主の子で
大学を終えたばかりの友だちと
春のいまごろここをあるいて居りました
そのとき青い燐光の菓子でこしらえた雁は
西にかかって居りましたし
みちはくさぼといっしょにけむり
友だちのたばこのけむりもながれました
わたくしは遠い停車場の一れつのあかりをのぞみ
それが一つの巨きな建物のように見えますことから
その建物の舎監になろうと云いました
そしてまもなくこの学校がたち
わたくしはそのがらんとした巨きな寄宿舎の

舎監に任命されました
恋人が雪の夜何べんも
黒いマントをかついで男のふうをして
わたくしをたずねてまいりました
そしてもう何もかもすぎてしまったのです
　ごらんなさい
遊園地の電燈（とう）が
天にのぼって行くのです
のぼれない灯（ひ）が
あすこでかなしく漂（ただよ）うのです

一〇五九　〔芽をだしたために〕

一九二七、五、九、

芽をだしたために
大へん白っぽく甘酸っぱくなった山である
このわずかな休息の時間に
上層の風と交通するための第一の条件は
そんな肥った空気のふぐや
あわれなレデーを
煙幕でもって退却させることである
……川なめらかにくすんでながれ……
実に見給え　傾斜地にできた
すばらしい杉の方陣である
諸君よ五月になると
林のなかのあらゆる木
あらゆるその藪のなかのいちいちの枝

みなことごとくやわらかな芽をひろげるのである
　川にぶくひかってながれ
退職の警察署長のむすめが
水いろの上着を着て
電車にのって小学校に出勤しながら
まちの古いブルジョア出身の技術者を
少しの厭悪で見ていたのである
ここはひどい日蔭だ
ぎざぎざの松倉山の下のその日蔭である
あんまり永くとまっていたくない
けれどもいったい
これを岩頚だなんて誰が云うのか

一〇六一　〔ひわいろの笹で埋めた嶺線に〕

五、九、

ひわいろの笹で埋めた嶺線に
ぼしゃぼしゃならんだ青ぞらの小松である
その谷がみな蔭になり
その六方石谷みな蔭になり
お辰のうちのすももの花がいっぱいにそこにうかんでいる
一尺角の木の格子で組みあげた
実に頑丈な木小屋である
　　下の温泉宿の看板娘は嫁に行き
　　おとなもこどももあかんぼも
　　みんないっぱい灼いたりんごを食ったのである
そのときお辰は
黒い絹に赤い縞のはいった
エジプト風の雪ばかまをはいて

お嫁さんに随いて行ったのである

一〇六三　〔これらは素樸なアイヌ風の木柵であります〕　五、九、

これらは素樸なアイヌ風の木柵であります
ええ
家の前の桑の木を
Yの字に仕立てて見たのでありますが
それでも家計は立たなかったのです
四月は
苗代の水が黒くて
くらい空気の小さな渦が
毎日つぶつぶそらから降って
そこを烏が
があがあ啼いて通ったのであります
どういうものでございましょうか
斯ういう角だった石ころだらけの

いっぱいにすぎなやよもぎの生えてしまった畑を
子供を生みながらまた前の子供のぼろ着物を綴（つづ）り合せながら
また炊爨（すいさん）と村の義理首尾とをしながら
一家のあらゆる不満や慾望（よくぼう）を負いながら
わずかに粗渋（そじゅう）な食と年中六時間の睡（ねむ）りをとりながら
これらの黒いかつぎした女の人たちが耕すのであります
この人たちはまた
ちょうど二円代の肥料のかわりに
あんな笹山（ささやま）を一反歩（たんぶ）ほど切りひらくのであります
そして
ここでは蕎麦（そば）が二斗（と）まいて四斗とれます
この人たちはいったい
牢獄（ろうごく）につながれたたくさんの革命家や
不遇（ふぐう）に了（お）えた多くの芸術家
これら近代的な英雄たちに
果して比肩（ひけん）し得ぬものでございましょうか

一〇六四　〔失（う）せたと思ったアンテリナムが〕

五、十二、

失せたと思ったアンテリナムが
　みんな立派に育っていた
キンキン光る青朱子（あおじゅす）のそら
　あすこの花壇（かだん）を
　それでぎらぎらさせられるのだ
風の向こうの崖（がけ）の方で
わずかな蟬（せみ）の声がする
いったいわたくしは
いつ蜂雀（はちすずめ）に夏を約束したのか

一〇六七　鬼語四

そんなに無事が苦しいなら
あの死刑の残りの一族を
おまへのうちへ乗り込(こ)ませよう

五、十三、

一〇六九　〔すがれのち萱を〕

五、一五、

すがれのち萱を
ぎらぎらに
青ぞらに射る日
　　川は銀の
　川は銀の
恋人のところからひとりつつましく村の学校に帰って
彼女は食品化学を勉強しているのである
一点つめたくわたくしの額をうつものは
青ぞらから来たアルコール製の雨であるか
竜が持ってきた薄荷油の滴であるか
青い蝿が一疋
　思想の隅角部を過ぎる

一〇七〇　科学に関する流言

五、一九、

今日ちょうど二時半ころだ
高木から更木(さらき)へ通る郡道の
まっ青な麦の間を
馬がまず円筒形に氷凍(ひょうとう)された
直径四十　粍(センチメートル)　の水銀を
二っつつけて南へ行った
それから八分半ほど経(た)って
同じものを六本車につけて
人が二人で運んで行った

いやあの古い西岩手火山の
いちばん小さな弟にあたるやつが
次の噴火を弗素(フッそ)でやろうと

いろいろ仕度(したく)をしているそうだ

一〇七一　〔わたくしどもは〕

一九二七、六、一、

わたくしどもは
ちょうど一年いっしょに暮らしました
その女はやさしく蒼白く
その眼はいつでも何かわたくしのわからない夢を見ているようでした
いっしょになったその夏のある朝
わたくしは町はずれの橋で
村の娘が持って来た花があまり美しかったので
二十銭だけ買ってうちに帰りましたら
妻は空いていた金魚の壺にさして
店へ並べて居りました
夕方帰って来ましたら
妻はわたくしの顔を見てふしぎな笑いようをしました
見ると食卓にはいろいろな果物や

白い洋皿などまで並べてありますので
どうしたのかとたずねましたら
あの花が今日ひるの間にちょうど二円に売れたというのです
……その青い夜の風や星
　すだれや魂を送る火や……
そしてその冬
妻は何の苦しみというのでもなく
萎れるように崩れるように一日病んで没くなりました

一〇七三　鉱山駅

鉱石もぬれシグナルもぬれ
工の字ついた帽子もぬれれば
山の青葉も坑夫のこどもの
黒いこうもり傘もぬれる

五葉山雲の往きかい
またなかぞらに雲の往きかい
あわただしく仕舞われる古い宿屋の鯉のぼり

峠の上のでんしんばしらもけわしい雲にひとり立ち
その雲と桐ばたけの雨のなかから
ぬれた二疋の裸のサラーブレッドがあらわれる
その耳もたちその尾もゆらげば

一九二七、六、一、

銅像にもなる立派なサラーブレッドである
一人のこどもがこぶしをかため
雨をうちまた空気をうって
馬をおどしてはしらせる
馬は互いにたわむれて
雲の尾行き交う山の尾根
シグナルもぬれ家もぬれ

一〇八四　〔ひとはすでに二千年から〕

一九二七、七、二四、

ひとはすでに二千年から
地面を平らにすることと
そこを一様夏には青く
秋には黄いろにすることを
努力しつづけて来たのであるが
何故(なぜ)いまだにわれらの土が
おのずからなる紺(こん)の地平と
華果(かか)とをもたらさぬのであろう
向こうに青緑ことに沈(しず)んで暗いのは
染汚(ぜんま)の象形(しょうけい)雲影であり
高下のしるし窒素(ちっそ)の量の過大である

七、二四、

一〇八五　〔午はつかれて塚にねむれば〕

午はつかれて塚にねむれば
積乱雲一つひかって翔けるころ
七庚申の碑はつめたくて
（田の草取に何故唄われぬのか
　草刈になぜうたわぬか
　またあの崖の灰いろの小屋
　籾磨になぜうたわないのか）
北の和風は松に鳴り
稲の青い鎗ほのかに旋り
きんぽうげみな
青緑或いは
ヘンルータカーミンの金米糖を示す
（峡流の水のように

十一月の風のように
絶えず爽(さわや)かに疲れぬ巨身を得るために）

一〇八六　ダリヤ品評会席上

一九二七、八、十六、

西暦一千九百二十七年に於ける
当イーハトーボ地方の夏は
この世紀に入ってから曾つて見ないほどの
恐ろしい石竹いろと湿潤さとを示しました
為に当地方での主作物 oryza sativa
稲、あの青い槍の穂は
常年に比し既に四割も徒長を来し
そのあるものは既に倒れてまた起きず
あるものは花なく白き空穂を得ました
またかの六角シェバリエー
芒うつくしい Horadium 大麦の類の穂は
畑地のなかで或いは脱落或は穂のまま発芽を来し
そのとりいれはげにも心せわしくあわただしいかぎりでありました

これらのすき間を埋めるために
諸氏は同じく湿潤にして高温な
気層のなかから
四百の異(ことな)るランプの種類
Dahlia variaviris の花を集めて
この色淡(あわ)い凝灰岩(ぎょうかいがん)の建物の
石英燈(せきえいとう)の照明と浸液(しんえき)アルコールのかおりの中
窓(まど)よりは遥かに熱帯風の赤い門火の列をのぞみ
白いリネンで覆(おお)われた卓につらねて
その花の品位を
われら公衆の投票に問われました
すでに得点は数えられ
その品等は定められたのであります故(ゆえ)に
いまわたくしの嗜好(しこう)をはなれ
これらの花が何故(なぜ)然(しか)く大なる点を得たのであるか
その原因を考えまする
第百一号これはまことに二位を得たのでありますが
かつその形はありふれたデコラチーブでありますが

更に細にその色を看よ
そは何色と名づけるべきか
赤、黄、白、黒、紫、褐のあらゆるものをとかしつつ
ひとり黎明のごとくゆるやかにかなしく思索する
この花にもしそが望む大なる爆発を許すとすれば
或いは新たな巨きな科学のしばらく許す水銀いろか
或いは新たな巨大な信仰のその未知な情熱の色か
容易に予期を許さぬのであります
まことにこの花に対する投票者を検しましても
真しなる労農党の委員諸氏
法科並びに宗教大学の学生諸君から
クリスチャンT氏農学校長N氏を連ねて
云わば一千九百二十年代の
新たに来るべき世界に対する
希望の象徴としてこの花を見たのであります
これに次いでは
第百四十　これは何たるつつましく
やさしい支那の歌妓であろう

それは焦る葡萄紅なる情熱を
各カクタスの弁の基部にひそめて
よじれた花の尖端は
伝統による奇怪な歌詞を叙べるのであります
更にその雪白にして尖端に至って寧ろ見えざる水色を示すものは
その情熱の清い昇華を示すものであります
もしこの町が
未だに近代文明によって而く混乱せられざる
遠野或いはヤルカンドであらば
恐らくこの花が一位の投票を得たでありましょう
更に深赤第三百五
この花こそはかの窓の外
今宵門並に燃す熱帯インダス地方
たえず動ける赤い火輪を示します

最後に一言重ねますれば
今日の投票を得たる花には
一も完成されたるものがないのであります

完成されざるがままにそは次次に分解し
すでに今夕は花もその弁の尖端を酸素に冒され
茲数日のうちには消えると思われますが
すでに今日まで第四次限のなかに
可成な軌跡を刻み来ったものであります

一〇九二　藤根禁酒会へ贈る

一九二七、九、一六、

わたくしは今日隣村(となりむら)の岩崎へ
杉山(すぎやま)式の稲作法の秋の結果を見に行くために
ここを通ったものですが
今日の小さなこの旅が
何という明るさをわたくしに与えたことであろう
雲が蛇籠(じゃかご)のかたちになってけわしくひかって
いまにも降り出しそうな朝のけはいではありましたが
平和街道のはんの並木は
みんなきれいな青いつたで飾(かざ)られ
ぼんやり白い霧(きり)の中から立っていた
しかも鉄道が通ったためか
みちは両側草と露(つゆ)とで埋められ
残った分は野みちのようにもう美しくうねっている

この会がどこからどういう動機でうまれ
それらのびらが誰から書かれ
誰にあちこち張られたか
それはわたくしにはわかりませんが
もうわれわれはわれらの世界の
一つのひびを食いとめたのだ
この三年にわたる烈しい旱害で
われわれのつつみはみんな水が涸れ
どてやくろにはみんな巨きな裂罅がはいった
われわれは冬に粘土でそれを埋めた
時にはほとんどからだを没するくらいまで
くろねを掘ってそこに粘土を叩いてつめた
それらの田には水もたまって田植も早く
俄かに変わったこの影多く雨多い七月以後にも
稲は稲熱に冐されなかった
諸君よ古くさい比喩をしたのをしばらく許せ
酒は一つのひびである

どんなに新らしい技術や政策が
豊かな雨や灌漑水を持ち来そうと
ひびある田にはつめたい水を
毎日せわしくかけねばならぬ
諸君は東の軽便鉄道沿線や
西の電車の通った地方では
これらの運輸の便宜によって
殆んど無価値の林や森が
俄かに多くの収入を挙げたので
そこには南からまで多くの酒がはいって
いまでは却って前より乏しく
多くの借金ができてることを知るだろう
しかも諸君よもう新らしい時代は
酒を呑まなければ人中でものを云えないような
そんな卑怯な人間などは
もう一ぴきも用はない
酒を呑まなければ相談がまとまらないような
そんな愚劣な相談ならば

もうはじめからしないがいい
われわれは生きてぴんぴんした魂と魂
そのかがやいた眼と眼を見合せ
たがいに争いまた笑うのだ

じつにいまわれわれの前には
新らしい世界がひらけている
一つができればそれが土台で次ができる

〔「詩ノート」付録〕

生徒諸君に寄せる

〔断章一〕

この四ヶ年が
　わたくしにどんなに楽しかったか
わたくしは毎日を
　鳥のように教室でうたってくらした
誓(ちか)って云(い)うが
　わたくしはこの仕事で
　疲(つか)れをおぼえたことはない

〔断章二〕

（彼等（かれら）はみんなわれらを去った
彼等にはよい遺伝と育ち
あらゆる設備と休養と
茲（ここ）には汗（あせ）と吹雪のひまの
歪（ゆが）んだ時間と粗野（そや）な手引があるだけだ
彼等は百の速力をもち
われらは十の力を有（も）たぬ
何がわれらをこの暗（くら）みから救うのか
あらゆる労（つか）れと悩（なや）みを燃やせ
すべてのねがいの形を変えよ）

〔断章三〕

新らしい風のように爽（さわ）やかな星雲のように
透明（とうめい）に愉快（ゆかい）な明日は来る

諸君よ紺いろした北上山地のある稜は
速かにその形を変じよう
野原の草は俄かに丈を倍加しよう
あらたな樹木や花の群落が
、
、
、
、
、

〔断章四〕

諸君よ　紺いろの地平線が膨らみ高まるときに
諸君はその中に没することを欲するか
じつに諸君はその地平線に於る
あらゆる形の山岳でなければならぬ

〔断章五〕

サキノハカ、、、
　　　　　　　　　　来る

それは一つの送られた光線であり
決せられた南の風である
諸君はこの時代に強いられ率いられて
奴隷のように忍従することを欲するか
むしろ諸君よ　更にあらたな正しい時代をつくれ
宇宙は絶えずわれらに依って変化する
潮汐や風
あらゆる自然の力を用い尽すことから一足進んで
諸君は新たな自然を形成するのに努めねばならぬ

〔断章六〕

新らしい時代のコペルニクスよ
余りに重苦しい重力の法則から
この銀河系統を解き放て

新らしい時代のダーウィンよ
更に東洋風静観のキャレンジャーに載(の)って
銀河系空間の外にも至(いた)って
更にも透明(とうめい)に深く正しい地史と
増訂(ぞうてい)された生物学をわれらに示せ

衝動(しょうどう)のようにさえ行われる
すべての農業労働を
冷く透明な解析(かいせき)によって
その藍(あい)いろの影(かげ)といっしょに
舞踊(ぶよう)の範囲(はんい)に高めよ

素質ある諸君はただにこれらを刻(きざ)み出すべきである
おおよそ統計に従わば

諸君のなかには少くとも百人の天才がなければならぬ

〔断章七〕

新たな詩人よ
嵐(あらし)から雲から光から
新たな透明(とうめい)なエネルギーを得て
人と地球にとるべき形を暗示せよ

新たな時代のマルクスよ
これらの盲目(もうもく)な衝動(しょうどう)から動く世界を
素晴しく美しい構成に変えよ

諸君はこの颯爽(さっそう)たる
諸君の未来圏(みらいけん)から吹いて来る
透明な清潔な風を感じないのか

〔断章八〕

今日の歴史や地史の資料からのみ論ずるならば
われらの祖先乃至(ないし)はわれらに至(いた)るまで
すべての信仰(しんこう)や徳性はただ誤解から生じたとさえ見え
しかも科学はいまだに暗く
われらに自殺と自棄(じき)のみをしか保証せぬ

誰(だれ)が誰よりどうだとか
誰の仕事がどうしたとか
そんなことを云(い)っているひまがあるのか
さあわれわれは一つになって　〔以下空白〕

口語詩稿より

阿耨達池（あのくだっち）幻想曲

こけもの暗い敷物（しきもの）
北拘盧州（ほくくるしゅう）の人たちは
この赤い実をピックルに入れ
空気を抜いて瓶詰（びんづめ）にする
どこかでたくさん蜂雀（ハニーバード）が鳴くようなのは
たぶん稀薄（きはく）な空気のせいにちがいない
そのそらの白さつめたさ
……辛度（しんど）海から、あのたよりない三角洲（す）から
　由旬（ゆじゅん）を抜いたこの高原も
　やっぱり雲で覆（おお）われている……
けわしく繞（めぐ）る天末線（スカイライン）の傷（いた）ましさ
……ただ一かけの鳥も居ず
　どこにもやさしいけだものの

　かすかなけはいもきこえない……
どこかでたくさん蜂雀（ハニーバード）の鳴くようなのは
白磁器の雲の向こうを
さびしく渡った日輪が
いま尖尖（せんせん）の黒い巌歯（がんし）の向こう側
　……摩渇（まかつ）大魚のあぎとに落ちて……
虚空（こくう）に小さな裂罅（れっか）ができるにそういない
　……その虚空こそ
　　ちがった極微（きょくび）の所感体
　　異の空間への媒介（ばいかい）者……
赤い花咲く苔（こけ）の氈（せん）
もう薄明（はくめい）がじき黄昏（たそがれ）に入り交られる
その赤ぐろく濁（にご）った原の南のはてに
白くひかっているものは
阿耨達（あのくだつ）、四海に注ぐ四つの河の源（みなもと）の水
　……水ではないぞ　曹達（ソーダ）か何かの結晶（けっしょう）だぞ
　　悦（よろこ）んでいて欺（だま）されたとき悔（くや）むなよ……
まっ白な石英（せきえい）の砂

音なく湛(たた)えるほんとうの水
もうわたくしは阿耨達池の白い渚(なぎさ)に立っている
砂がきしきし鳴っている
わたくしはその一つまみをとって
そらの微光にしらべてみよう
すきとおる複六方錐(すい)
人の世界の石英安山岩(デサイト)か
流紋岩(リパライト)から来たようである
わたくしは水際(みずぎわ)に下りて
水にふるえる手をひたす
　……こいつは過冷却(かれいきやく)の水だ
　　氷相当官なのだ……
いまわたくしのてのひらは
魚のように燐光(りんこう)を出し
波には赤い条(すじ)がきらめく

こころ

光にぬるみ
しずかに析(さ)ける
そのことそれが巌(いわ)のこころ
気流にゆらぎ曇(くも)ってとざす
それみずからが樹(き)のこころだ
一本の樹は一本の樹
規矩(のり)ない巌はただその巌

〔めずらしがって集ってくる〕

〔冒頭一、二行不明〕
〔十数字不明〕ちで
〔約二行不明〕
〔十数字不明〕めずらしがって集ってくる
〔一、二行不明〕

ひらりと二重マントを脱(ぬ)げば
尻(しり)はしおったる黒綿入(わたいれ)と
メリヤス白の股引(ももひき)に
ゴム長靴(ながぐつ)のおんいでたち

さてもあなたは玄関で
斜めにしょった風呂敷をおろし
裾もおろしてまず一応のご挨拶
拙者もこっちで伺えば
その声けだし凜として
何か拙者もいい心地
あなたが風呂敷包みをといて
紫 朱 珍（だか何だか）の大法衣をばつまみ上げ
逆光線のまっただ中に
さっとまばゆく着たまえば
更にひかって吹雪は過ぎ
紫いろの衣の袖は
匂うすみれの花の滝
集まってくるこどもらは
鼻をたらしたり
髪をばしゃばしゃしながら
何か立派な極楽鳥でも見るふうなので
じつに訓導が制すれども制すれどもきかず

あつかい兼ねているひまに
あなたは早くも風呂敷をたたみ
壁にかかった二重マントのかくしに入れ
やや快活に床をふみ
おももちむしろ颯爽として
丹田に力を加え
職員室に来られます
そこで拙者も立ちあがれば
あなたは禅機　横眼のひかり
やっと一声気合もかけまじきけはい
いのししのような髪毛した
〔数文字不明〕は
〔以下不明〕

心象スケッチ

林中乱思

火を燃（もや）したり
風のあいだにきれぎれ考えたりしていても
さっぱりじぶんのようでない
塩汁（しおじる）をいくら呑（の）んでも
やっぱりからだはがたがた云（い）う
白菜をまいて
金もうけの方はどうですかなどと云っていた
普藤なんぞをつれて来て
この塩汁をぶっかけてやりたい
誰（だれ）がのろのろ農学校の教師などして
一人前の仕事をしたと云われるか
それがつらいと云うのなら
ぜんたいじぶんが低能なのだ

ところが怒って見たものの
何とこの焔の美しさ
柏の枝と杉と
まぜて燃すので
こんなに赤のあらゆる phase を示し
もっともやわらかな曲線を
次々須臾に描くのだ
それにうしろのかまどの壁で
煤かなにかが
星よりひかって明滅する
むしろこっちを
東京中の
知人にみんな見せてやって
大いに羨ませたいと思う
じぶんはいちばん条件が悪いのに
いちばん立派なことをすると
そう考えていたいためだ
要約すれば

これも結局 distinction の慾望の
その一態にほかならない
林はもうくらく
雲もぼんやり黄いろにひかって
風のたんびに
栗や何かの葉も降れば
萱の葉っぱもざらざら云う
もう火を消して寝てしまおう
汗を出したあとはどうしてもあぶない

〔鉛いろした月光のなかに〕

鉛いろした月光のなかに
みどりの巨(おお)きな犀(さい)ともまがう
こんな巨きな松の枝が
そこにもここにも落ちているのは
このごろのみぞれのために
上の大きな梢(こずえ)から
どしゃどしゃ欠いて落されたのだ
その松なみの巨きな影(かげ)と
草地を覆(おお)う月しろの網(あみ)
あすこの凍(こお)った河原の上へ
はだかのままの赤児(あかご)が捨ててあったので
この崖(がけ)上の部落から
嫌疑(けんぎ)で連れて行かれたり

みんなで陳情したりした
それもはるか昔のよう
それからちょうど一月たって
凍った二月の末の晩
誰か女が烈しく泣いて
何か名前を呼びながら
あの崖下を川へ走って行ったのだった
赤児にひかれたその母が
川へ走って行くのだろうと
はね起きて戸をあけたとき
誰か男が追いついて
なだめて帰るけはいがした
女はしゃくりあげながら
凍った桑の畑のなかを
こっちへ帰って来るようすから
あとはけはいも聞こえなかった
それさえもっと昔のようだ
いまもう雪はいちめん消えて

川水はそらと同じ鼠(ねずみ)いろに
音なく南へ滑(すべ)って行けば
その東では五輪峠(ごりんとうげ)のちぢれた風や
泣きだしそうな甘ったるい雲が
へりはぼんやりちぢれてかかる
そのこっちでは暗い川面(かわも)を
千鳥が啼(な)いて溯(さかのぼ)っている
何べん生まれて
何べん凍(こご)えて死んだよと
鳥が歌っているようだ
川かみは蠟(ろう)のようなまっ白なもやで
山山のかたちも見えず
ぼんやり赤い町の火照(ほて)りの下から
あわただしく鳴く犬の声と
ふたたびつめたい跛調(はちよう)にかわり
松をざあざあ云(い)わせる風と

〔爺さんの眼はすかんぼのように赤く〕

爺さんの眼はすかんぼのように赤く
何かぶりぶり怒っている
白髪はじょきじょき鋏でつんだ
いわゆるここらの芋の子頭
　……そんならビタミンのX
　　あるいはムチンのY号で
　　この赤い眼が療らないか
　　それは必ず治ってしまう……
鍋の下ではとろとろ赤く火が燃える
おもてでは植えたばかりの茄子苗や
芽をだしかけた胡瓜の畑に
陽がしんしんと降っていて
下の川では

川上のまだまっ白な岩手山へ
南の風がまっこうに吹き
はりがねもピチピチ鳴れば
せきれいもちろちろ鳴いているようだけれども
条件の悪いことならば
いまよりもっと烈(はげ)しいときがいくらもあった
この数月はたしかにどこかからだが悪い
　……そんなならビタミンのX
　　あるいは乳酸石灰(せっかい)が
　　この数月の傾向を
　　療治(りょうじ)するかと云(い)うのに
　こっちはそれを呑(の)みたくない……
飯(めし)はぶうぶう湯気をふき
白髪の芋の子頭を下げて
じいさんは木を引いている

法印の孫娘

ほっそりとしたなで肩に
黒い雪袴（モッペ）とつまごをはいて
栗（くり）の花咲くつつみの岸を
むすめは一人帰って行った
品種のことも肥料のことも
仕事の時期やいきさつも
みんなはっきりわかっていた
あの応対も透明（とうめい）で
できたら全部トーキーにも撮（と）って置きたいくらい
栗や何かの木の枝を
わざとどしゃどしゃ投げ込（こ）んで
おはぐろのようなまっ黒な苗代（なわしろ）の畦（あぜ）に立って
今年の稲熱（いもち）の原因も

大てい向こうで話していた
今日もじぶんで葉書を出して置きながら
どてらを着たまま酔(よ)っていた
あの青ぶくれの大入道の
娘と誰(だれ)が考えよう

あの山の根の法印の家か
あそごはバグヂと濁(にご)り酒どの名物すと
みちを訊(き)いたらあの知り合いの百姓(ひやくしよう)が云(い)った
それほど村でも人付合いが悪いのだろう
もっともばくちはたしかにうつ
あの顔いろや縦(たて)の巨(おお)きな頰(ほお)の皺(しわ)は
夜どおし土蔵(どぞう)の中にでも居て
なみなみでない興奮をする証拠(しようこ)である
ぜんたいあの家というのが
巨きな松山の裾(すそ)に
まるで公園のようなきれいな芝(しば)の傾斜にあって
まっ黒な杉をめぐらし
山門みたいなものもあれば

白塗りの土蔵もあり
柿の木も梨の木もひかっていた
それがなかからもう青じろく蝕んでいる
年々注意し作付し居り候え共
この五六年毎年稲の病気にかかりと書いた
あの筆蹟も立派だったが
どうしてばくちをやりだしたのか
或いは少し村の中では出来過ぎたので
つい横みちへそれたのか
或いはそういう遺伝なものか
とにかくあのしっかりとした
新時代の農村を興しそうにさえ見える
うつくしく立派な娘のなかにも
その青ぐろい遺伝がやっぱりねむっていて
こどもか孫かどこかへ行って目をさます
そのときはもう濁り酒でもばくちでもない
一千九百五十年から
二千年への間では

そういう遺伝は
どこへ口火を見付けるだろう
西はうすい氷雲と青じろいそら
うしろでは松の林が
日光のために何かなまこのように見え
わずかに沼の水もひかる

第三芸術

蕪（かぶ）のうねをこさえていたら
白髪あたまの小さな人が
いつかうしろに立っていた
それから何を播（ま）くかときいた
赤蕪をまくつもりだと答えた
赤蕪のうね　こう立てるなと
その人はしずかに手を出して
こっちの鍬（くわ）をとりかえし
畦（あぜ）を一とこ斜（なな）めに掻（か）いた
おれは頭がしいんと鳴って
麻薬（まやく）をかけてしまわれたよう
ぼんやりとしてつっ立った
日が照り風も吹いていて

二人の影は砂に落ち
川も向こうで光っていたが
わたしはまるで恍惚として
どんな水墨の筆触
どういう彫塑家の鑿のかおりが
これに対して勝るであろうと考えた

夏

もうどの稲も、分蘗(ぶんけつ)もすみ
苗代跡(なわしろ)の稲熱(いもち)もきれいに喰(く)いとめたので
主人も安心したらしく
じぶんもわずかに茶をのんでいる
並んで椽(たるき)に腰(こし)かけて
古びた麻(あさ)のももひきに
こうかんかんと日が照れば
何だか半分けむって見える
鍵(かぎ)にまがった厩(うまや)から
馬がひょっくり顔を出す
それからその仔(こ)も顔を出す
上には絵馬(えま)がかけてある
弁柄(べんがら)で書いた赤い馬だ

やっぱりその子と二疋（ひき）づれ
厩の上では梨（なし）の木が
じつにきれいにひらめいている
茶盆（ちゃぼん）の前にはこの家の
あぃながりんと眼（め）を張って
膝（ひざ）に手を置きすわっている
髪（かみ）が赤くて七っつぐらい
発心（ほっしん）前の地蔵菩薩（ぼさつ）の像のよう
事実
松林寺の地蔵堂も
ここから遠くないものだから
典型的なお地蔵さんの申し子だ
お地蔵さんの申し子も
もう二十年たつうちに
どういう風（ふう）に変わるかな
東は幾重の松の林の向こうの方で
山地が青くけむっている
それから南の川ばたでは

はんの木立がきらきらひかる

蕪(かぶ)を洗う

洗った蕪の流れて行くのを押(おさ)えていると
岸の草の上に
いきなり犬が走って出る
巨(おお)きなやつだ
つめたく白い川の反射をわくわく浴(あ)びて
変な顔して立っている
犬はいきなり走り出し
野ばらの藪(やぶ)をちらちら下流へ走って行く
犬のあとからいまのっそりとあらわれたのは
まさしく新渡辺(にとべ)弁護士だ
相かわらずの猟服(りょうふく)に
鳥打しゃぽは茶いろでございだ
去年の秋から

玉葱（たまねぎ）の苗床（なえどこ）だの
チュウリップの畦（あぜ）だのに
大股（おおまた）な足あとを何べんもつけた
その正真の犯人だ
こいつをとっちめるには
まず石膏（せっこう）であの足あとのネガとポジとをとることだ
しかるに人をもってして
ことさらにおれの童話を懇望（こんもう）したのは
まさしくこいつのおかみさん
そこで差引き勘定（かんじょう）は
ここで一発この青ぞらに
鉄砲（てっぽう）を打ったら許してやろうという次第（しだい）
ぜんたい鳥が居ないのか
見廻（みまわ）すと　いる
いるいる　じつにたくさんいるぞ
現に見なさい　弁護士よ
向こうの岸の萱（かや）からたった
あの一列の不定な弧線（こせん）

なぜうたないのだ
上流へだんだんうつって行く
川向こうなのでうたないのか
川の向こうが禁猟区(きんりょうく)なのでうたないのか
鳥が小さいのでうたないのか
あたらないからうたないのだ
獅子鼻(ししはな)まで行くつもりだな
あすこで鴨(かも)をうつというのか
勝手にしろ　おれの方は蕪(かぶ)だ
どの蕪もみなまっしろで
みんなつめたく弾力がある
いい天気だけれども寒い
上流では岩手山がまっ白で
製板は湯気をふくし
橋は黒くてぬくそうだ
そこをゆっくり町へ行く馬
半透明(とうめい)な初冬の水は
青い葉っぱを越して行く

〔何かをおれに云っている〕

〔冒頭原稿なし〕

　何かをおれに云っている
（ちょっときみ
あの山は何と云うかね）
　あの山なんて指さしたって
　おれから見れば角度がちがう
（あのいただきに松の茂ったあれですか）
（そうだ）
（あいつはキーデンノーと云います）
　うまくいったぞキーデンノー
　何とことばの微妙さよ
　キーデンノーと答えれば
　こっちは琿河か遼河の岸で

白菜（ペツアイ）をつくる百姓（ひやくしよう）だ
（キーデンノー？）
（地図には名前はありません
社（やしろ）のある百五　米（メートル）　かのそれであります）
（ははあこいつだ
うしろに川があるんじゃね）
（あります）
（なるほどははあ　あすこへ落ちてくるんだな）
あすこへ落ちて来るともさ
あすこで川が一つになって
向こうの水はつめたく清く
こっちの水はにごってぬるく
ここらへんでもまだまじらない
（峠（とうげ）のあるのはどの辺だろう）
（ちょうどあなたの正面です）
（それ？）
手袋をはめた指で
景色を指すのは上品だ

（あの藍いろの小松の山の右肩です）
（車は通るんじゃね）
（通りませんな、はだかの馬もやっとです）
　傾斜を見たらわかるじゃないか
（も一つ南に峠があるね）
（それは向こうの渡し場の
ま上の山の右肩です）
　山の上は一列ひかる雲
　そこの安山集塊岩から
　モーターボートの音が
　とんとん反射してくる
（臥牛はソーシとよむんかね）
（そうです）
（いやありがとう
きみはいま何をやっとるのかね）
（白菜を播くところです）
（はあ今かね）
（今です）

（いやありがとう）
　ごくおとなしいとうさんだ
　盛岡の宅にはお嬢さんだのあるのだろう
中隊長の声にはどうも感傷的なところがある
ゆうべねむらないのかもしれない
川がうしろでぎらぎらひかる

〔こっちの顔と〕

こっちの顔と
凶年の周期のグラフを見くらべながら
なんべんも何か云いたそうにしては
すこしわらって下を向いているこの人は
たしかに町の二年か上の高等科へ
赤い毛布と栗の木下駄で
通って来ていたなかのひとり
それから五年か六年たって
秋の祭りのひるすぎだった
この人は鹿踊りの仲間といっしょに
例ののばかまとわらじをはいて
長い割竹や角のついた
面のしたから顔を出して

踊りももうあきたというように
ばちをもった片手はちょこんと太鼓（たいこ）の上に置き
悠々（ゆうゆう）と豊沢町（とよさわちょう）を通って行った
こっちが知らないで
ただ鹿踊りだと思って見ていたときに
この人は面の下の麻布（あさぬの）をすかして
踊りながら昔の友だちや知った顔を
横眼（よこめ）で見たこともたびたびあったろう
けれどもいまになって
われわれが気候や
品種やあるいは産業組合や
殊（こと）にも塩の魚とか
小さなメリヤスのもも引だとか
ゴム沓合羽（ぐつかっぱ）のようなもの
こういうものについて共同の関心をもち
一緒（いっしょ）にそれを得ようと工夫（くふう）することは
じつにたのしいことになった
外では吹雪が吹いていていてもいなくても

それが十時でも午後の二時でも
二尺も厚い萱をかぶって
どっしりと座ったこういう家のなかは
ただ落ちついてしんとしている
そこでこれからおれは稲の肥料をはなし
向こうは鹿踊りの式や作法をはなし
夕方吹雪が桃いろにひかるまで
交換教授をやるというのは
まことに愉快なことである

〔そもそも拙者ほんものの清教徒ならば〕

そもそも拙者ほんものの清教徒ならば
或いは一〇〇%のさむらいならば
これこそ天の恵みと考え
町あたりから借金なんぞ一文もせず
八月までは
だまってこれだけ食べる筈
けだし八月の末までは
何の収入もないときめた
この荒れ畑の切り返しから
今日突然に湧き出した
三十キロでも利かないような
うすい黄いろのこの菊芋
あしたもきっとこれだけとれ

更（さら）に三四の日を保する
このエルサレムアーティチョーク
イヌリンを含み果糖（かとう）を含み
小亜細亜（アジア）では生でたべ
ラテン種族は煮（に）てたべる
古風な果蔬（かそ）トピナムボー
さはさりながらここらでは
一人も交易の相手がなく
結局やっぱりはじめのように
拙者（せっしゃ）ひとりでたべるわけ
但（ただ）しこれだけひといろでは
八月までに必らず病む
参って死んでしまっても
動機説では成功という
ところが拙者のこのごろは
精神主義ではないのであって
動機や何かの清純よりは
行程をこそ重しとする

つまりは米もほしいとあって
売れる限りは本も売り
ぼろぼろ借金などもして
曖昧(あいまい)な暮(くら)しようをするというのは
いくら理屈をくっつけても
すでにはなはだ邪道(じゃどう)である
とにかく汗(あせ)でがたがた寒い
ごみを集めて
火を焚(た)こう
槻(つき)の向こうに日が落ちて
乾(かわ)いた風が西から吹く

〔鳴いているのはほととぎす〕

鳴いているのはほととぎす
　　………to-të-to-to
to-të́-te-to-të-to-to　tí-ti-ti-ti-ti-ti
ぐっしょりの寝汗（ねあせ）だ
手拭（てぬぐい）を置くとよかった
　　　ti-ti-ti　またやりだした
〔to-të́-te-to-të-to-to
to-të́-te-to-të-to-to　tí-ti-ti-ti-ti-ti〕
川ばたよりはいくらか近い
三日月沼（みかづきぬま）の上らしい
落ちるように飛んだり
斜（ななめ）に截（き）ったりしているらしい
三時十分だ

そらにかすかな菫（すみれ）のいろがうかぶころだ
鳥はもう鳴かない
まもなく崖（がけ）にかっこうが来てなきだすころだ
それが互（たが）いに呼んだり答えたり
一つが一つの反響（はんきょう）のようにきこえたり
にぎやかになれば
こんどは小さな鳥どもが
はじめは調子も何もなく
ただ点々になきはじめる
そのころそらはもうしろく
となりでは
ぶりぶり憤（いきどお）りながら佐吉が起きる
起きるとそのまま顔も洗わず
今日の田植えの場所へ行って
ごみのうかんだつめたい水へはいり
だまって馬の指竿（させ）をとる
そのころまでは
まだ四五十分

もういちどねむろう

密醸

汽車のひびきがきれぎれ飛んで
酸(す)っぱくうらさむいこの夕がた
楢(なら)の林の前に
ひどく猫背(ねこぜ)のおばあさんが
熊手(くまで)にすがって立っている
右手をかざして空をみる
それから何かを恐(おそ)れるように
ごく慎重(しんちょう)にあたりを見て
こっそり林へはいって行く
あともうかさとも音はせず
汽車のひびきが遠くで湧(わ)いて
灰いろの雲がばしゃばしゃとぶ

毘沙門天の宝庫

さっき泉で行きあった
黄の節糸の手甲をかけた薬屋も
どこへ下りたかもう見えず
あたりは暗い青草と
麓の方はただ黒緑の松山ばかり
東は畳む幾重の山に
日がうっすりと射していて
谷には影もながれている
あの藍いろの窪みの底で
形ばかりの分教場を
菊井がやっているわけだ
そのま上には
巨きな白い雲の峯

ずいぶん幅も広くて
南は人首（ひとかべ）あたりから
北は田瀬（たせ）や岩根橋にもまたがってそう
あれが毘沙門天王の
珠玉（しゅぎょく）や幢幡（どうばん）を納めた
巨きな一つの宝庫だと
トランスヒマラヤ高原の
住民たちが考える
もしあの雲が
旱（ひでり）のときに
人の祈りでたちまち崩（くず）れ
いちめんの烈（はげ）しい雨にもならば
まったく天の宝庫でもあり
この丘群に祀（まつ）られる
巨きな像の数にもかない
天人互（たがい）に相見るという
古いことばもまたもう一度
人にはたらき出すだろう

ところが積雲のそのものが
全部の雨に降るのでなくて
その崩(くず)れるということが
そらぜんたいに
液相のます兆候(ちょうこう)なのだ
大正十三年や十四年の
はげしい旱魃(かんばつ)のまっ最中(さいちゅう)も
いろいろの色や形で
雲はいくども盛(も)りあがり
また何べんも崩れては
暗く野はらにひろがった
けれどもそこら下層の空気は
ひどく熱くて乾(かわ)いていたので
透明(とうめい)な毘(び)沙門天(しゃもんてん)の珠玉(しゅぎょく)は
みんな空気に溶(と)けてしまった
鳥いっぴき啼(な)かず
しんしんとして青い山
左の胸もしんしん痛い

もうそろそろとあるいて行こう

火　祭

火祭りで
今日は一日
部落そろってあそぶのに
おまえばかりは
町へ肥料の相談所などこしらえて
今日もみんなが来るからと
外套(がいとう)など着てでかけるのは
いい人ぶりというものだと
厭々(いやいや)ひっぱりだされた圭一が
ふだんのままの筒袖(つつそで)に
栗(くり)の木下駄(きげた)をつっかけて
さびしく眼(め)をそらしている
……帆舟(ほぶね)につかず袋(ふくろ)につかぬ

大きな白い紙の細工（さいく）を荷馬車につけて
こどもらが集っているでもない
松の並木のさびしい宿を
みんなでとにかくゆらゆら引いて
また張合（はりあい）なく立ちどまる……
くらしが少しぐらいらくになるとか
そこらが少しぐらいきれいになるとかよりは
いまのまんまで
誰（だれ）ももう手も足も出ず
おれよりもきたなく
おれよりもくるしいのなら
そっちの方がずっといいと
何べんそれをきいたろう
（みんなおなじにきたなくでない
みんなおなじにくるしくでない）
……巨（おお）きな雲がばしゃばしゃ飛んで
煙草（たばこ）の函（はこ）でめんをこさえてかぶったり
白粉（おしろい）をつけて南京（ナンキン）袋を着たりしながら

　みんなは所在なさそうに
　よごれた雪をふんで立つ……
そうしてそれもほんとうだ
（ひば垣（がき）や風の暗黙（あんもく）のあいだ
　主義とも云（い）わず思想とも云わず
　ただ行われる巨（おお）きなもの）
誰（だれ）かがやけに
やれやれやれやれと叫（さけ）べば
さびしい声はたった一つ
銀いろをしたそらに消える

霰（あられ）

鍬（くわ）をかついだり
のみ水の桶（おけ）をもったりして
はだしで家にかけこむところは
やまと絵巻（えまき）の手法である
現にいまこの消防小屋の横からぱっとあらわれて
ちらっと横目でこっちを見
きものの袖（そで）で頭をかくし
橋へかかっている人などは
立派にその派の標本である
小屋の中には型のごとくにポンプはひとつ
ホースを巻いた車も一つ
黒びかりする大きなばれん
尖（とが）った軒（のき）の頂部では

赤く塗られた円電燈の
塗料がなかば剝げている
雀がくれの苗代に
霰は白く降り込んで
そこらの家も土蔵もかすむ
もう山鳩も啼かないし
上の野原の野馬もみんなしょんぼりだろう

三月

正午になっても
五分だけ休みましょうと云っても
ただみんな眉をひそめ
薄い麻着た膝を抱いて
設計表をのぞくばかり
稲熱病が胸にいっぱいなのだ
一本町のこの町はずれ
そこらは雪も大ていとけて
うるんだ雲が東に飛び
並木の松は
去年の古い茶いろの針を
もう落とすだけ落としてしまって
うす陽のなかにつめたくそよぎ

はては緑や黒にけむれば
さっき熊(くま)の子を車にのせ
おかしな歌をうたって行った
紀伊かどこかの薬屋たちが
白ももひきをちらちらさせて
だんだん南へ小さくなる
みんなはいつか
ひそひそ何かはなしている
つつましく遠慮ぶかく
骨粉(こっぷん)のことを云(い)っているのだ
一里塚(づか)一里塚
塚の下からこどもがひとりおりてくる
つづいてひとりまたかけおりる
町はひっそり
火の見櫓(やぐら)が白いペンキで
泣きだしそうなそらに立ち
風がにわかに吹いてきて
店のガラスをがたがた鳴らす

牧歌

この五列だけ
もうりんと活着（つ）き
鎗（やり）葉も青く天を指す
水にはごみもうかべば
泥（どろ）で踏まれた畦（あぜ）のすぎなもそのままなのに
この五列だけ　それからやっぱり向こうの五列
はっきりまわりとちがうのは
一体誰（だれ）が植えたのだろう
考えて見れば
あの朝太田の堺（さかい）から
女たちがたくさんすけに来た
林のへりからはじめて行って
甲助が植代（うえしろ）を掻（か）き

佐助が硫安をまき
喜作が面をこしらえて
それからあとはどんどん植えた
けれども結局あのときは
誰が誰だかわからなかった
とにかくここが一わたりつき
主人もほっとしたように立って
みんなをさそってあすこの巨きなひばのある
辻堂で朝めしということになった
霧の降るまっ青な草にすわって
箸をわったりわかめを盛ったりいろいろした
ところが太田の人たちは
もう済んで来たといって
どうしても来て座らなかった
まっ黒な林や
けわしい朝の雲をしょって
残った苗を集めたり
ところどころの畦根には

補植の苗を置いたりした
けれどもやはりあのときも
誰が誰だかわからなかった
それから霧がすっかり霽(は)れて
日も射(さ)すようになってから
みんなで崖(がけ)を下りて行き
鉄ゲルの湧(わ)く下台(しただい)の田をやり出した
そうだあの時なんでも一人
たいへん手早い娘が居た
いつでもいちばんまっさきに
畦根について一瞬(いっしゅん)立った
目が大きくてわらっているのは
どこかに栗鼠(りす)のきもちもあった
そうだたしかにそういうことを
おれは二へんか三べん見た
けれども早いからといって
こんなに早く活着(つ)くように
上手に植えたとかぎらない

遅れたおばあさんたちのうちこそ
こういう五列のその植主があったかもしれない
しかし田植に限っては下手では早く進めない
それでは結局あの娘かな

地主

水もごろごろ鳴れば
鳥が幾むれも幾むれも
まばゆい東の雲やけむりにうかんで
小松の野はらを過ぎるとき
ひとは瑪瑙(めのう)のように
酒にうるんだ赤い眼(め)をして
がまのはんばきをはき
古いスナイドルを斜(なな)めにしょって
胸高く腕を組み
怨霊(おんりょう)のようにひとりさまよう
この山ぎわの狭(せま)い部落で
三町歩(ちょうぶ)の田をもっているばかりに
殿(との)さまのようにみんなにおもわれ

じぶんでも首まで借金につかりながら
やっぱりりんとした地主気取り
うしろではみみずく森や
六角山の下からつづく
一里四方の巨(おお)きな丘(おか)に
まだ芽を出さない栗(くり)の木が
褐色(かっしょく)の梢(こずえ)をぎっしりそろえ
その麓(ふもと)の
月光いろの草地には
立派なはんの一むれが
東邦風(とうほうふう)にすくすくと立つ
そんな桃(もも)いろの春のなかで
ふかぶかとうなじを垂(た)れて
ひとはさびしく行き惑(まど)う
一ぺん入った小作米は
もう全(まった)くたべるものがないからと
かわるがわるみんなに泣きつかれ
秋までにはみんな借りられてしまうので

そんならおれは男らしく
じぶんの腕（うで）で食ってみせると
古いスナイドルをかつぎだして
首尾よく熊（くま）をとってくれば
山の神様を殺したから
ことしはお蔭（かげ）で作も悪いと云（い）われる
その苗代（なわしろ）はいま朝ごとに緑金を増し
畔（あぜ）では羊歯（しだ）の芽もひらき
すぎなも青く冴（さ）えれば
あっちでもこっちでも
つかれた腕をふりあげて
三本鍬（ぐわ）をぴかぴかさせ
乾田（かただ）を起しているときに
もう熊をうてばいいか
何をうてばいいかわからず
うるんで赤いまなこして
怨霊（おんりよう）のようにあるきまわる

会見

（この逞(たく)ましい頬骨(ほおぼね)は
やっぱり昔の野武士の子孫
大きな自作の百姓(ひやくしよう)だ）
（息子がいつでも云(い)っている
技師というのはこの男か
も少しからだも強靭(シナ)くって
何でもやるかと思っていたが
これではとても百姓なんて
ひどい仕事ができそうもない
だまって町で月給とっていればいいんだが）
（お互(たが)いじっと眼(め)を見合わせて立っていれば
だんだん向こうが人の分子を喪(な)くしてくる
鹿(しか)か何かのトーテムのような感じもすれば

山伏上りの天狗のようなところもある）
（みんなで米だの味噌だのもって
寒沢川につれて行き
夜は河原へ火をたいてとまり
みずをたくさん土産にしょわせ帰そうと
とてもそいつもできそうない）
（向こうの眼がわらっている
昔　砲兵にとられたころの
渋いわらいの一きれだ）
（味噌汁を食え味噌汁を食え
台湾では黄いろな川をわたったり
気候が蒸れたりしたときは
どんな手数をこらえても
兵站部では味噌のお汁を食わせたもんだ）
（とうとう眼をそらしたな
平の清盛のようにりんと立って
じっと南の地平の方をながめている）
（ぜんたいいまの村なんて

借りられるだけ借りつくし
負担は年々増すばかり
二割やそこらの増収などで
誰(だれ)もどうにもなるもんでない
無理をしたって却(かえ)ってみんなだめなもんだ)
(眼(め)がさびしく愁(うれ)えている
なにもかもわかりきって
そんなにさびしがられると
こっちもただもう青ぐらいばかり
じつにわれわれは
遠征(えんせい)につかれ切った二人の兵士のように
だまって雲とりんごの花をながめるのだ)

事件

Sakkyaの雪が　澱んでひかり
　野はらでは松がねむくて
　　鳥も飛ばないひるすぎのこと
いきなり丘の枯草を
南の風が渡って行った
すると窪地に澱んでいた
つめたい空気の界面に
たくさん渦が柱に立って
さながらミネルヴァ神殿の
廃址のようになったので
窪みのへりでゲートルもはき
頬かむりもした幸蔵が
萱のつぼけをとる手をやめて

おかしな顔でぼんやり立った

憎むべき「隈（くま）」弁当を食う

きらきら光る川に臨んで
ひとりで弁当を食っているのは
まさしく　あいつ「隈」である
およそあすこの廃屋（はいおく）に
おれがひとりで移ってから
林の中から幽霊（ゆうれい）が出ると云（い）ったり
毎晩女が来るといったり
町の方まで云いふらした
あの憎むべき「隈」である
ところがやつは今日はすっかり負けている
第一　草に腰掛（こしか）けて
一生けん命食っているとき
まだ一ぺんも復讐（ふくしゅう）されない

敵にうしろを通られること
第二にいつもの向こうの強味
こっちの邪魔(じゃま)たる群集心理が今日はない
青天の下まさしく一人と一人のこと
第三　やつはもういい加減腹いせをして
憎悪(ぞうお)の念が稀薄(きはく)である
そこでこっちもかあいそうなので
避けてやろうと思うけれども
するとこんどはおれが遁(に)げたと向こうが思う
ここにおいてかおれはどうにも
今日は勝つより仕方ない
川がきらきら光っていて
下流では舟(ふね)も鳴っている
熊(くま)は小さな卓のかたちの
松の横ちょに座(すわ)っている
じろっと一つこっちを見る
それからじつにあわてたあわてた
黄いろな箸(はし)を二本びっこにもっていて

四十度ぐらいの角度にひろげ
その一本で
熊はもぐもぐ口中の飯を押している
おれはたしかにうしろを通る
こんどはおれのうしろの方で
大将おそらく興奮して
味もわからずつづけて飯を食っている
然(しか)るにこうきっぱりと勝ってしまうと
あとが青黒くてどうもいけない
とは云(い)うものの別段おれは
何をしたという訳でない
向こうで勝手で播(ま)いたのを
向こうが勝手に刈(か)ったのだ

病院の花壇（かだん）

夜どおしの温い雨にも色あせず
あんまり暗く薫（かお）りも高い
この十六のヒアシンス

まっ白な石灰岩（せっかいがん）の方形のなかへ
水いろと濃（こ）い空碧（くうへき）で
すっきりとした折線を
二つ組もうとおもったのに
東京農産商会は
このまっ黒な春の吊旗（ちょうき）を送ってよこし
みんなはむしろいぶかしそうにながめている
今朝は截（き）って
春の水を湛（たた）えたコップにさし

各科と事務所へ三つずつ
院長室へ一本配り
ここへは白いキャンデタフトを播(ま)きつけよう
つめくさの芽もいちめんそろってのびだしたし
廊下(ろうか)の向こうで七面鳥(しちめんちょう)は
もいちどゴブルゴブルという
女学校ではピアノの音
にわかにかっと陽(ひ)がさしてくる
鋏(はさみ)とコップをとりに行こう

〔まぶしくやつれて〕

まぶしくやつれて
病気がそのまま罪だとされる
風のなかへ出てきて
罪を待つというふうに
みんなの前にしょんぼり立つ
みんなはなにかちぐはぐに
崖の杉だの雲だのを見る
家のまわりにめちゃくちゃに植えられた稲は
いま弱々と徒長して
どんどん風に吹かれている
苗代にも波が立てば
雲もちぢれてぎらぎら飛ぶ

陽（ひ）のなかで風が吹いて吹いて
ひとはさびしく立ちつくす
畔（あぜ）のすかんぼもゆれれば
家（え）ぐねの杉もひゅうひゅう鳴る

〔あしたはどうなるかわからないなんて〕

あしたはどうなるかわからないなんて
百姓（ひゃくしょう）はきょう手を束（つか）ねてはいられない
折鞄（おりかばん）など誰（だれ）がかかえてあるいても
木などはぐんぐんのびるんだ
日が照って
うしろの杉の林では
鳩（はと）がすうすう啼（な）いている
イギリスの百姓だちの口癖（くちぐせ）は
りんごなら
馬をうめるくらいに掘（ほ）れ
馬をうめるくらいに掘れだと
遠慮（えんりょ）なくこの乳いろの
花もさかせ

落葉松のきれいな青い芽も噴けだ
そのうちどうでも喧嘩しなければいけなかったら
りんごも食ってやればいい
そのときの喧嘩の相手なんか
なにをいまからわかるもんか
くさったいがだの
落葉を燃やす青いけむりは
南の崖へながれて行って
そのまんなかで
かげろうも川もきらきらひかる

保線工夫

クレオソートも塗(ぬ)り
飾(かざ)りも済んだ電柱を
六本積んでトロを控(ひか)えて待ってると
十時五分の貨物列車が
日向(ひなた)をごろごろ通って行き
一つの函(はこ)の戸口から
むやみに黒いぶちのある
仔牛(こうし)が顔を出したので
まっさきに立つ詮太(せんた)がわらい
かしらもわらいみんなもわらい
小倉(こくら)の服で四(し)っ角(かく)ばって
ポイントに立つメゴーグスカも
口に手あててくすくす云(い)う

それからけむりの消えないうちに
丁場のはしまでとばして行った
ぎらぎらする雲の下で
こどもらがあちこち
缶にいなごをとっていた

会　食

互(たがい)に呼んで鍬(くわ)をやめ
北上(きたかみ)岸の夏草に
蒼(そう)たる松の影(かげ)をかぶって
簡手蔵氏とぼくとは座(すわ)る
手蔵氏着(つ)くる筒袖(つつそで)は
古事記風なる麻緒(あさお)であって
いまその繊維(せんい)柔軟(じゅうなん)にして
色典雅(てんが)なる葱緑(そうりょく)なるを
ぼうぼうとして風吹けば
人はいよいよ快適である
僕匆惶(そうこう)と帽子(ぼうし)をさぐり
二のうら青きトマトを示し
角なるものを手蔵氏とれば

円なるものはわが手に残る
さて手蔵氏はしみじみとして
果を玩（もてあそ）び熟視する
それシャンデリアかがやく下に
人その饗（あえ）を閲（けみ）するならば
さがないわざとそしらるべきも
天光みなぎる午（ひる）の草原に
はじめて穫（と）りたる園芸品は
しさいに視（み）るこそ礼にも契（かな）う
僕またこれに習って視（み）れば
じつにトマトの表面は
まひるながらに緑の微光（びこう）を発している
そはもしやにの類（たぐい）でもあって
蛍光菌（けいこうきん）のついたるもので
且（か）ついま青山日ぞかげろえる
大ぬばたまの夜にありせば
人はこの松の下陰（したかげ）に
二つの青き発光体が

せわしく動きはたらくを
当然目睹するでもあろう
（烈しくはたらいたあととは云え
手蔵氏はげに快適自身のごとくであるが
ぼくはまことはせなかがひどく痛いのである
さてもトマトの内部に於いて
西条八十氏云うごとき
じつに玲瓏たぐいなき
秘密の房を蔵することは
まこと造化の妙用にして
もしいまわれらかの川上の工兵諸氏と
手蔵氏いさかう際は
ともに遁げ込むに適したること
まさに八十氏の柚にも類う）
さて手蔵氏はトマトを食み終え
やや改まりぼくに云う
ひとびとは氏を蛇喰いとして卑しんでいる
しかるに蛇は何故食に不適であるか

ぼく意を迎えこれに云う
なめくじ、蛙（かえる）を食するものは
第一流の紳士（しんし）と呼ばれ
蛇（じゃ）を摂（と）るものはそしられる
そのこといとど奇怪（きかい）である
否（いな）大紳士、たとえば大谷光瑞（おおたにこうずい）氏
氏が安南（アンナン）の竜肉（りゅうにく）を
推（お）したるごとき遠きに属す
然（しか）るにこれが門徒のたぐい
妄（みだ）りにきみをわらうがごとき
まことに懺悔（さんげ）すべきであると
手蔵氏更（さら）に厳（げん）として云う
人蛇肉（じゃにく）を食むときは
精気を加え身も熱し
じつに風邪（かぜ）をも引かざるなりと
ぼく考えて答えて云う
微量の毒は薬なり
そはビタミンのAとD

且(か)つ蛋白質(たんぱくしつ)と脂肪(しぼう)のせいか
手蔵氏更(さら)に和して云(い)う
それ蛇(へび)たるや外貌(がいぼう)悪(あ)しく
婦女子はこれを恐(おそ)るるも
逆剝(さかは)ぎて見よその肉の美や
何等(なんら)の醜汚(しゅうお)をとどめざるなり
きみも食(く)うをよしとせん
ぼく雷同(らいどう)し更に云う
まことに多謝す　さりながら
誰(だれ)か鰻(うなぎ)をはじめて食(は)みし
誰かなまこをはじめて食みし
これ先覚にあらざるや
君またいつか人人に
先覚もって祀(まつ)られなんと
風吹き来(きた)り風吹き来れば
手蔵氏ややに身を起こし
芝居(しばい)の悪玉の眼付(めつき)をもって
下流のかたをへいげいする

ぼくいささかに無気味となり
匆々に会を了えんと乞い
われらはおのおの畑に帰り
おのおのにまた鍬をとる

〔まあこのそらの雲の量と〕

まあこのそらの雲の量と
きみのおもいとどっちが多い
その複雑なきみの表情を見ては
ふくろうでさえ遁(に)げてしまう
清貧(せいひん)と豪奢(ごうしゃ)はいっしょに来ない

複雑な表情を雲のように湛(たた)えながら
かれたすずめのかたびらをふんで
そういうふうに行ったり来たりするのも
たしかに一度はいいことだな
どんより曇(くも)って
そして西から風がふいて
松の梢(こずえ)はざあざあ鳴り

鋸（のこぎり）の歯もりんりん鳴る
きみ　鋸は楽器のうちにあったかな

清貧と豪奢とは両立せず
いい芸術と恋の勝利は一緒（いっしょ）に来ない
労働運動の首領にもなりたし
あのお嬢（じょう）さんとも
行末（ゆくすえ）永くつき合いたい
そいつはとてもできないぜ

〔この医者はまだ若いので〕

この医者はまだ若いので
夜もきさくにはね起きる
薬価も負けているらしいし
注射や何かあんまり手の込(こ)むこともせず
いずれあんまり自然を冒瀆(ぼうとく)していない
そこらが好意の原因だろう
そしてとうとうこのお医者が
すっかり村の人の気持ちになって
じつに渾然(こんぜん)とはたらくときは
もう新らしい技術にも遅(おく)れ
郡医師会の講演などへ行っても
ただ小さくなって聞いているばかり
それがこの日光と水と

透明な空気の作用である
ここを汽車で通れば
主人はどういう人かといつでも思う
この美しい医院のあるじ
カメレオンのような顔であるので
大へん気の毒な感じがする
誰か四五人おじぎをした
お医者もしずかにおじぎをかえす

〔みんな食事もすんだらしく〕

みんな食事もすんだらしく
また改めてごぼんごぼんとどらをたたいたり
樹（き）にこだまさせて柏手（かしわで）をうったり
林のなかはにぎやかになった
　――ひでりや寒さやつぎつぎ襲（おそ）う
自然の半面とたたかうほかに
この人たちはいままで幾百年
自分と闘（たたか）うことを教わり
克明（こくめい）にそれをやってきた
いまその第二をしばらくすてて
形（かたち）一（いっ）そう瞭（あきら）かに
烈（はげ）しい威嚇（いかく）や復讐（ふくしゅう）をする
新たな敵に進めという――

ああわたくしはこの樹を棄てて壇をのぼり
施無畏の大士遠く去って
うつろな拝殿のうすくらがり
古くからの幡や絵馬の間に
声あげて声あげて慟哭したい
杉の梢を雲がすべり
鳥居はひるの野原にひらく

休息

地べたでは杉と槻（つき）の根が
からみ合い奪（うば）い合って
この瘠（や）せ土の草や苔（こけ）から
恐（おそ）ろしい静脈（じょうみゃく）のように浮きでているし
そらでは雲がしずかに東へながれていて
杉の梢（ウラ）は枯（か）れ
槻のほずえは何か風からつかんで食って生きてるよう
　　……杉が槻を枯らすこともあれば
　　　槻が杉を枯らすこともある……
　　（米穫（と）って米食って何するだぃ？
　　　米くって米穫って何するだぃ？）
技手が向こうで呼んでいる
木はうるうるとはんぶんそらに溶（と）けて見え

またむっとする青い稲だ

〔湯本(ゆもと)の方の人たちも〕

湯本の方の人たちも
一きりついて帰ったので
ビラの隙(すき)からおもてを見れば
雲が傷(やぶ)れて眼(め)は痛む
西洋料理支那(シナ)料理の
三色文字は赤から暮れ
硝子(ガラス)はひっそりしめられる
馬が一疋(ぴき)東へ行く
古びた荷縄(になわ)をぶらさげて
雪みちをふむ
引いて行くのはまだ頬(ほお)の円(まる)いこども
兵隊外套(がいとう)が長過ぎるので
縄でしばってたごめている

行きちがいに出てくるのは
政友会兼国粋(こくすい)会の親分格
帽子(ぼうし)もかぶらず
手は綿入(わたいれ)の袖(そで)に入れ
がっしり丈夫(じょうぶ)な足駄(あしだ)をはいて
身体一分(いちぶ)のすきもなく
こっちをじろっと見るでもなし
さりとて全(まった)く見ないでもなし
堂々として行き過ぎるのは
さすが親分の格だけある
いつかおもてのガラスの前に
白いもんぱのぼうしをかぶり
絣(かすり)の合羽(かっぱ)にわらじをはいた
眼のうす赤いじいさんが
読んでいるのか見ているか
物でも噛(か)むようにして
だまってじっと立っている
ご相談でもありましたらと切り出せば

何か銭(ぜに)でもとられるか
かかり合いにでもなるかと
早速(さっそく)ぽろっと遁(に)げて行くのは必定(ひつじょう)だ
結局こらえてだまっていれば
またこの夏もいもちがはやる
こんどはこども　砂糖屋(さとうや)の家のこどもが
スケートをはき手をふりまわしてすべって行く
おじいさんもぽろっと東へ居なくなる
高木の部落なら
その雪のたんぼのなかの
ひばのかきねに間もなくつくし
高松だか成島だか
猿ヶ石(さるがいし)川の岸をのぼった
雑木(ぞうき)の山の下の家なら
もうとっぷりと暮れて着く
とうとう出て来た林光左
広東(カントン)生れのメーランファンの相似形(そうじけい)
自転車をひっぱり出して

出前をさげてひらりと乗る
一目(いちもく)さんに警察の方へ走って行く
遠くでは活動写真の暮れの楽隊

来訪

水いろの穂(ほ)などをもって
三人づれで出てきたな
さきに二階へ行きたまえ
ぼくはあかりを消してゆく
つけっぱなしにして置くと
下台(しただい)じゅうの羽虫がみんな寄ってくる
　……くわがたむしがビーンと来たり
　　一オンスもあって
　　　まるで鳥みたいな赤い蛾(が)が
　　　　ぴかぴか鱗粉(りんぷん)を落したりだ……
ちょうど台地のとっぱななので
ここのあかりは鳥には燈(とう)台の役目もつとめ
はたけの方へは誘蛾(ゆうが)燈にもはたらくらしい

三十分もうっかりすると
家がそっくり昆虫館に変わってしまう
……もうやってきた　ちいさな浮塵子(うんか)
　ぼくは緑の蝦(か)なんですというように
　ピチピチ電燈(デンキ)をはねている……
それでは消すよ
はしごの上のところにね
小さな段がもひとつあるぜ
……どこかに月があるらしい
　林の松がでこぼこそらへ浮き出ているし
　川には霧(きり)がしろくひかってよどんでいる……
いやこんばんは
……喧嘩(けんか)の方もおさまったので
　まだ乳熟(にゅうじゅく)の稲の穂などを
　だいじにもってでてきたのだ……

春曇吉日

朱塗の蓋へ
廻状至急と書きつけた
状箱をもって
坂をのぼり
ひばのかきねをはいり
いちいちふれてあるくところ
明か清かの気風だな
あの調子では
まだ二時間は集まるまい
どうだい君はねむったら
よほどつかれているようだ
ぼくには今日が
じつにかんかんとして楽しい

大陸風の一日だけれども
君にとっては折角（せっかく）の日曜日が　ただもう一日
どんよりとして過ぎるわけ
ねむりたまえ
オーヴァをぬいで
枯草（かれくさ）に寝てからかぶるといい
寒いようなら下のいろりへ行くか
この辺は木も充分（じゅうぶん）なので
春でももむろん燃えている

　ぼんやりとしたひかりの味は
まるで古風な水墨（すいぼく）だ
松の生えた丘も……
割木（わりき）のかきねをめぐらした家も……
下のはざまのうら青い麦も……
こういう気分になれてもしまわず
くらしのいきさつにもとらわれないで
毎日ただこの感触を感触として生きていたら
ずいぶん楽しいことなんだが

ぜんたい今日の天気はなんだ
明るくなるでも曇（くも）るでもなし
ぬるいようにまたうす寒いように
ただどんよりとかすんでいるのは
　誰（だれ）か家からぽろっと出る
　茶盆（ちゃぼん）をもってやってくる
　あの赤いのは絨氈（じゅうたん）らしい

あれはあすこの主人だよ
古くから伝わっている
ここらの古い歌舞（かぶ）き芝居（しばい）の親分だ
禿（は）げた頭をただありのまま
ぼんやりとした氛気（ふんき）にさらし
茶盆ももってやってくる
どうしてそれが
いろいろ余裕もあるけれども
この下の田で稼（かせ）いだり
山で雪の日たきぎもとって

それでここらの荒れ畑などを
絵に見立てたり公園として考える
ずいぶんえらい見識（けんしき）だ
一昨日（おととい）管区へやってきて
おれに来るよう頼（たの）んだときも
たしかに　そうだ
勝川春章（かつかわしゅんしょう）えがいた風（ふう）の
古い芝居をきどっていた

冗語（じょうご）

また降ってくる
コキヤや羽衣甘藍（ケール）
植えるのはあとだ
堆肥（たいひ）を埋（う）めてしまってくれ

啼（な）いてる啼いてる
水禽園（すいきんえん）で
頭の上に雲の来るのが嬉（うれ）しいらしい
孔雀（くじゃく）もまじって鳴いている
北緯（ほくい）三十九度六月十日の孔雀だな

ははは　羆熊（ひぐま）の堆肥
こういうものをこさえたのは

恐(おそ)らく日本できみ一人
どういうカンナが咲くかなあ

何だあ　雨が来るでもないぞ
羽山(はやま)で降って
滝(たき)から奥へ外(そ)れたのか
電車が着いて
インバネスだの
ぞろぞろあるく
光の加減で
みんなずいぶん人相(にんそう)がわるい

さあこんどこそいよいよくるぞ
南がまるでまっ白だ
胆沢(いさわ)の方の地平線が
西はんぶんを消されている
おおい堆肥をはやく
ぬれてしまうととても始末が悪いから

栗（くり）の林がざあざあ鳴る
風だけでない
東をまわって降ってきた

〔しばらくだった〕

しばらくだった
やつれたなあ
とてもまだまだ降りそうもない
下葉が赤くなったろう
　……冬は氷と火にあふれ
　　春はけむりをながしていて
　　いまはみんなの苦難をよそに
　　この崖(がけ)下を南へすべる北上(きたかみ)川……
しまいの水を引いてから
今日で二十日になるんだな
ひびわれでねえ
ちょっとの水では
みんなくぐってしまうからねえ

……きのうまでは
四十雀をじぶんで編んだ籠に入れて
ずしだまの実も添えて
町へもってきてやったりした
わり合いゆたかな自作農のこどもだ……

川から水をあげるにしても
ここはどうにもできないなあ
水路が西から来るからねえ
……はんのき

上流から水をあげて来て
耕地整理をやるってねえ
容易でないと思うんだ
こんどは水はあがっても
それの費用が大へんだ

いつかは怒ってすまなかった

中学生だのきみが連れてきたもんだから
それに仕事の休みでない日
ぼくのところへ人がくると
近処(きんじょ)でとてもおこるんだ
休み日は村でちがうんだが

ああはやく雨がふって
あたりまえになって
またいろいろ
果樹(かじゅ)だの蜜蜂(みつばち)だの
計画をたてられるようになればいいなあ
藺草(いぐさ)を染めて
桐(きり)の花だのかっこうだの
きれいに織りだすことならば
いくらでもやるきみなんだがな

軍馬補充部主事

うらうらと降ってくる陽だ
うこんざくらも大きくなって
まさに老幹とも云いつべし
花がときどき眠ったりさめたりするようなのは
自分の馬の風のためか
あるいはうすい雲かげや
かげろうなぞのためだろう
よう調教に加わって
震天がもう走って居るな
膝がまだ癒り切るまい
列から出すといいんだが
いやここまで来るとせいせいする
ひばりがないて

はたけが青くかすんで居る
その向こうには経塚岳だ
山かならずしも青岱ならず
残雪あながちに白からずだ
五番の圃地を目的に
青塗りの播種車が
から松をのろのろ縫って行くのは
まず本部のタンクだな
いやあ、牧地となると
聯隊に居るときとはちがって
じつにかんかんたるものだ
しかしながら
このような浩然の大気によって
何人もだらけぬことが肝要だ
ところが何だ、あのさまは
みんなぴたっと座り居る
このまっぴるま
しかもはたけのまんなかで

さんさ踊りをやり居って
誰か命令したように
ぴたりとみんな座り居った
おれのかたちを見たんだな
雇い農婦どもの白い笠がきのこのようだ
まだじっとしてかがんでいるのは
まるで野原の生蕃だ
いったい何という秩序だ
あすこは二十五番の圃地だ
けさ高日技手が玉蜀黍を播くとか云って
四班を率いて行き居ったのに
このまっぴるま何ごとだ
しかもあの若ものは乗馬ずぼんに
ソフトカラなどつけ居って
なかなかず太いところがある
一番行ってどなるとするか
大人気ないな
ははあ開所の祭りが近い

今年もやっぱり去年のように
各班みんな競争で
なにか踊りをやるんじゃな
もちろん拙者（せっしゃ）の意も迎え
衆もたのしむつもりじゃろう
それならむろん文句はない
馬のかしらを立て直しじゃ
粋（いき）な親分肌（はだ）を見せるのは
こう云（い）うときにかぎるんじゃ
さっきのうこんざくらをつんで
家内に手紙を書くとしよう

〔熊（くま）はしきりにもどかしがって〕

熊はしきりにもどかしがって
権治と馬を待っている
麻（あさ）もも引（ひき）のすねを二（ふた）とこ藁（わら）でくくって
小束（こたば）な苗（なえ）をにぎりながら
里道のへりにつっ立って
ほとんどはぎしりしないばかり
水のなかではみんなが苗をぐんぐん植える
権治が苗つけ馬をひいて
だんだんゆらゆら近づいたので
隈（くま）はすばやく眼（め）をそらし
じっと向こうのお城の上のそらを見る
そのあしもとのすぎなの上に
けらが四五枚ひろげられ

上には赤い飯びつや椀
二三歩向こうへふみだして
大きな朱塗の盃をささげ
権治をまって立っているのは隈のお袋
半分白髪で腰もまがり
泥で膝までぬれている
権治がすっかり前へくると
もううやうやしくそれを出す
権治はたづなをわきにはさみ
両手でとって拝むようにしてのんでいる
隈はもどかしいのをじっとこらえ
ふし眼にブリキの水を見る
城あとのまっ黒なほこ杉の上には
雲の白髪がはげしく立って
燕もとび
ブリキいろの水にごみもうかぶ
田植の朝にすっかりなった

夜

掌（て）がほてって寝（ね）つけないときは
手拭（てぬぐい）をまるめて握（にぎ）ったり
黒い硅板岩礫（イキイシ）を持ったりして
みんな昔からねむったのだ

杉

倒(たお)した杉は
崖(がけ)下の田に梢(こずえ)をひたし
田は刈株(かりかぶ)もかくれるくらい
雪融水(ゆきどけみず)が漲(あく)っていて
青いそらも映(うつ)り
雲もまばゆく光りながら
ちょうど杉が立っていたときのように
どんどん梢を擦(こす)って通る
伐株(きりかぶ)に座(すわ)って見ていると
空肥桶(からこえおけ)をかついだ男が
向こうの畔(あぜ)を歩いている
影(かげ)は逆さに水にうつり
やっぱり杉を擦ってとおる

しきりに変な顔をして
こっちをすかして見ているのは
林のなかだし崖（がけ）のうしろに日があるので
おれがなかなか見えないためだ
こういうときに顔逞（たく）ましい孔夫子（コーフーシュ）は
いよいよかたちをあらためて
樹（き）を正視して座（すわ）っていろというかもしれん
星座のかたちにあざのある
朱子（しゅし）とかいった人などは
名乗りをあげろというかもしれん
にもかかわらずすべては過ぎる
もう過ぎた
もう次の田へ影（かげ）をうつして
やっぱりぱくぱく奇蹟（きせき）のようにあるいて行けば
いかに悔（く）ゆるもすべないことは
これも何かの本文通り
水にはしばらく雲もなくて
杉はいよいよ藻（も）のごとくである

〔もう二三べん〕

もう二三べん
おれは甲助をにらみつけなければならん
山の雪から風のぴーぴー吹くなかに
部落総出の布令を出し
杉だの栗（くり）だのごちゃまぜに伐（き）って
水路のへりの楊（やなぎ）に二本
林のかげの崖（がけ）べり添（ぞ）いに三本
立てなくてもいい電柱を立て
点（つ）けなくてもいいあかりをつけて
そしてこんどは電気工夫の慰労（いろう）をかね
落成式をやるという
林のなかで呑（の）むという
幹部ばかりで呑むという

おれも幹部のうちだという
なにを！　おれはきさまらのような
一日一ぱいかたまってのろのろ歩いて
この穴はまだ浅いのこの柱はまがっているの
さも大切な役目をしているふりをして
骨を折るのをごまかすような
そんな仲間でないんだぞ
今頃煤けた一文字などを大事にかぶり
繭買いみたいな白いずぼんをだぶだぶはいて
林のなかで火をたいている醜悪の甲助
断じてあすこまで出掛けて行って
もいちどにらみつけなければならん
けれどもにらみつけるのもいいけれども
雨をふくんだ冷たい風で
なかなか眼が痛いのである
しかも甲助はさっきから
しきりにおれの機嫌をとる
にらみつければわざとその眼をしょぼしょぼさせる

そのまた鼻がどういうわけか黒いのだ
事によったらおれのこういう憤懣は
根底にある労働に対する嫌悪と
村へ来てからからだの工合の悪いことと
それをどこへも帰するところがないために
たまたま甲助電気会社の意を受けて
こういう仕事を企んだのに
みな取り纏めてなすりつける
過飽和である水蒸気が
小さな塵を足場にして
雨ともなるの類かもしれん
そう考えれば柱にしても
全く不要というでもない
現にはじめておれがここらへ来た時は
ぜんたいここに電燈一つないというのは
何たることかと考えた
とにかく人をにらむのも
こう風が寒くて

おまけに青く辛（から）い煙（けむり）が
甲助の手許（てもと）からまっ甲吹いていていては
なかなか容易のことでない
酒は二升に豆腐（とうふ）は五丁
皿（さら）と醤油（しょうゆ）と箸（はし）をうちからもってきたのは
林の前の久治である
樺（かば）はばらばらと黄の葉を飛ばし
杉は茶いろの葉をおとす
六人も来た工夫のうちで
ただ一人だけ人質のよう
青い煙にあたっている
ほかの工夫や監督は
知らないふりして帰してしまい
うろうろしていて遅（おく）れたのを
工夫慰労の名義の手前
標本的に生け捕（ど）って
甲助が火を
しきりに燃（もや）してねぎらえば

赤線入りのしゃっぽの下に
灰いろをした白髪がのびて
のどぼねばかり無暗に高く
きゅうくつそうに座っている
風が西から吹いて吹いて
杉の木はゆれ樺の赤葉はばらばら落ちる
おれもとにかくそっちへ行こう
とは云え酒も豆腐も受けず
ただもうたき火に手をかざして
目力をつくして甲助をにらみ
了ってただちに去るのである

〔馬が一疋(ぴき)〕

馬が一疋
米を一駄(だ)大(だい)じにつけて
ひかって浅い吹雪の川を
せいいっぱいにあるいてくる
ひともやっぱり
十本ばかりの松の林をうしろにしょって
下ばかり見てとぼとぼくる
駒頭(こまがしら)から台(だい)へかけて
草場も林も
山は一列まっ白だ
上ではそらが青じろく晴れて
マイナスのシロッコともいうような
乾(かわ)いてつめたい風を

まっこうから吹きつければ
その青びかるそらが
つい敵という気にもなる
傘(かさ)のかたちの林をしょって
五十駄の収穫が六十駄になっても
かくべつくらしは楽にならないと
あきらめたようなわらいを
蓮華(れんげ)の花びらの形の唇(くちびる)にうかべ
しずかに吹雪をわたってくる
馬の髪(かみ)はばしゃばしゃ
びっしょり汗(あせ)をかきながら
吹雪に吹かれてあるいているのだ

〔職員室に、こっちが一足（ひとあし）はいるやいなや〕

職員室に、こっちが一足はいるやいなや
ぱっと眉（まゆ）をひそめたものは
黄の狩衣（かりぎぬ）によそおえる
日高神社の別当だ
半分立って迎えるものは
黒紋付（くろもんつき）に袴（はかま）をはいた
二人の小さなお百姓（ひゃくしょう）
当然ここで
ぼくが何かを云（い）うべきであるが
何せあのまっ青な大高気圧の下で
引き汐（しお）のように奔（はし）っている
乾（かわ）いて光る吹雪のなかを
二里も泳いでやってきたので

耳だの頬（ほお）だのぼうぼう熱（ほて）り
咽喉（のど）はひきつって声が出ない
みんなだまってお茶をのむ
わずかに濁（にご）り粕（かす）もはいった日本の緑茶
校長さんもだまってお茶をつぎまわる
日高神社の別当は
怒（おこ）らなくてもいいわけだ
あの早池峰（はやちね）の原林を
いくらじぶんが先達（せんだつ）で
夜なかにやってきたからといって
だまってみちに立っている
こっちにいきなりつきあたって
叫（さけ）びをあげて退（の）いたのは
そっちの方が悪いのだ
アスティルベの花の穂（ほ）が
あちこち月にひかっていたし
そんな闇（やみ）ではなかったのだ
けれども向こうの怒るのは

こっちの覇気でもあるらしい
こどもらがこっそりかわるがわる来て
がらすの戸から口をあいたりのぞくのは
水族館のようでもある
おとなもそろそろ来ているようだ
日高神社の別当は
いまだに眉をはげしく刻む

審判

北軍の突撃は奏功しました
　よろこんだろうモカロフめ
こういう微妙な場合には
剛毅果敢の士といえど
ソフトな口調をもちうべし
　そこで次は
南軍ルート八中隊は
向こうのひかる片雲の下
まっ白なぼさの線までぇ
川をわたっていそいでさがれ
　ははあぶつぶつ云っている
それから各々昼食……と
　こいつはおれの分でない

　つるつる晴れた
　カピドール少佐の砲列は
あの果樹園にあるんだが
熟した苹果を三十ぐらい
廃砲にでも装塡して
こっちへ射ってよこさんかな
ふう
とにかくおれも飯にしよう
おかあさまただいまとかいって
メリがさがってくるころだ

〔あかるいひるま〕

あかるいひるま
ガラスのなかにねむっていると
そとでは冬のかけらなど
しんしんとして降っているよう
蒼(あお)ぞらも聖(きよ)く
羊(ひつじ)のかたちの雲も飛んで
あの十二月南へ行った汽車そっくりだ
Look there, a ball of mistletoe！と
おれは窓越し丘(おか)の巨(おお)きな栗(くり)の木を指した
Oh, what a beautiful specimen of that！
あの青い眼(め)のむすめが云(い)った
汽車はつづけてまっ赤に枯(か)れたこならの丘や
濃(こ)い黒緑の松の間を

どこまでもその孔雀石いろのそらを映して
どんどんどんどん走って行った
"We say also heavens,
but of various stage."
"Then what are they ?" むすめは〔以下不明〕

〔一、二行不明〕

聖者たちから直観され〔以下不明〕
古い十界の図式まで
科学がいまだに行きつかず
はっきり否定もできないうちに
とうとうおれも死ぬのかな
いま死ねば
いやしい鬼にうまれるだけだ

〔あらゆる期待を喪いながら〕

あらゆる期待を喪いながら
ぼんやり立って
青草くらい丘の頂部にむかっていれば
しずかに集まる測量班と
くもって寒い風の向こうに
炯とひらける東の天

計算尺のできないことを
わずかな霧がやるとも見える

〔黄いろにうるむ雪ぞらに〕

黄いろにうるむ雪ぞらに
縄がいっぽん投げあげられる

バンス！　ガンス！　アガンス！
ちょろちょろしたこどもらをかり集めて
制服を着せて
何か教えるまねをする
やくざなはなしだ

でんしんばしらの斉唱と
風の向こうで更に白白饑えるもの

凡例

本コレクションは、『新校本　宮沢賢治全集』(筑摩書房)を底本とし、『新修宮沢賢治全集』、新潮文庫『新編　風の又三郎』『新編　銀河鉄道の夜』『注文の多い料理店』『ポラーノの広場』『新編　宮沢賢治詩集』等を参考にして校訂し、本文を決定しました。〔　〕のついた作品題名は、無題あるいは題名不明の作品の冒頭一行を仮題名としたものです。

本文は、短歌・文語詩以外は、現代仮名づかいに改めました。また、本文中に使用されている旧字・正字について、常用漢字字体のあるものはそれに改めました。

また、読みやすさを考え、句読点を補い、改行を施し、また逆に句読点を削除した箇所があります。

さらに、常用漢字以外の漢字、宛字、作者独自の用法をしている漢字を中心として、読みにくいと思われる漢字には振り仮名をつけ、送りがなを補いました。「一諸」「大低」などのように作者が常用しており、当時の用法として必ずしも誤りとは言えない用字や表記についても、現代通行の標準的字・表記に改めたものがあります。

今日の人権意識に照らして不当・不適切と思われる、人種・身分・職業・身体障害・精神障害に関する語句や表現については、時代的背景と作品の価値にかんがみ、そのままとしました。

本文について

栗原　敦

本巻には、「春と修羅　第三集」の心象スケッチ六九篇、及び「春と修羅　第三集補遺」として、専用の詩稿用紙に記されるが作品番号・日付が失われた「第三集」からの発展作品一一篇を収録した。次いで、「詩ノートより」として、フールスキャップ紙という用紙を束ねて二つ折りのノート状にして記した口語詩篇群の中から四二篇を選んで収録し、同じくフールスキャップ紙を用いて記された「生徒諸君に寄せる」を「「詩ノート」附録」として収録した。なお、「詩ノートより」の作品を四二篇に限ったのは、「第三集」作品の先駆形に相当するものなどを除いたことによる。

さらに、「口語詩稿より」として、専用の各種詩稿用紙に記された口語詩篇のうち、底本とした『新校本宮沢賢治全集』第五巻の「口語詩稿」の中から、すでに本コレクション第七巻に収録された三篇と、冒頭欠落や断片的である二篇（「〔おじいさんの顔は〕」・「〔四信五行に身をまもり〕」）とを除く四九篇を収録した。

「春と修羅　第三集」は、作者生前未刊の詩集であり、詩集印刷用原稿がまとめて清書されることもなかった。しかし、作者が晩年に詩稿の整理に用いた黒クロース表紙などに「春と修羅　第三集」に関するメモがあり、黒クロース表紙の一つの裏見返しには「春と修羅／第三集／自昭和元年／至　三年」と鉛筆で書き、その後に筆記具を変えて「原形／下図」とか「定稿」、また年号に「四月」「七月」を加えたりした手入れがある。「定稿」の語も見られることや、数は六篇と多くはないものの「定稿用紙」（昭和八年六月に作成された詩稿用紙）を使用した作品も残されているので、本コレクション第七巻の「本文について」で記された「第二集」の編成や推敲を行いながら、「文語詩稿」の推敲と清書を優先させる中でも、「第三集」作品もなお最晩年まで整理と推敲を試みようとしていたことがうかがわれる。ちなみに、「定稿用紙」使用の六篇は「水汲み」「圃道」「〔盗まれた白菜の根へ〕」「〔日に暈ができ〕」「〔エレキや鳥がばしゃばしゃ翔べば〕」「県技師の雲に対するステートメント」である。

詩稿整理用の黒クロース表紙は複数あり、整理の段階で他に転用されていったが、いま触れたものとは別の表紙の裏には、「心象スケッチ／春と修羅／第三集／未定稿／発表不可」と書き、のち「未定稿」に削除線を付して「原形」と改めて、またそれを削除線で消したものもある（どの段階の詩稿がまとめられてあったかは不明）。その意味で、第七巻の「本文について」で指摘する「第二集」の場合と同様に、「第三集」作品本文の推敲過程の動きの下で個々を見渡して吟味する必要もあるだろう。

本コレクションでは、先に記した黒クロース表紙のメモの手入れ「春と修羅／第三集／自昭和元年四月／至　三年七月」に従って、専用の詩稿用紙に書かれ、この期間に相当する日付を付された心象スケッチを日付順に収録した。ただし、日付が付されていない作品のうち「白菜畑」は作品番号が重なる「煙」の次に、「野の師父」は作品番号に準拠して配置した。なお、元号の昭和は大正十五年十二月に改元されたので、本巻の中扉においては「自　大正十五年四月」と校訂している。

大正十五年四月は、およそ四年四カ月勤務した稗貫・花巻農学校教諭の職を辞して、一農民となって農村活動に入った時である。農村の生活と文化の改善に尽くすことを志して、下根子桜の宮沢家別宅を改装し、羅須地人協会と名付けて、ここを拠点に北上川沿いの砂畑を開墾して野菜や草花を栽培し、盛岡高等農林学校時代以来培ってきた専門的伎倆を生かした稲作肥料設計の無料相談、物品や種物交換、副業研究、各種講習、そして農村生活を明るく豊かにする文化・芸術活動の展開などに努めることになった日々にあたる。関東大震災以後の金融恐慌に至る時期の、窮乏化を深め、階層分解を迫られていた地域農村の現実を前にして、普通選挙法の公布、無産者運動の高揚とその抑圧といった状況の中で試みられていた種々の活動が自身の発病によって中断を余儀なくされたのが昭和三年の夏である。「昭和三年七月」は羅須地人協会における農村活動が中断される直前にあたっているので、作品の初発の素材、題材がこの生活上の枠組みを色濃く投影していることは否定できない。その意味で、農事や農作業、農村活動での様々な体験に立ち入り、農民である自覚を表明する発話者の人称（おれ・おれたち）の使用が見られることなどとも相俟って、農学校教諭時代との違いが示されているといえなくはない。「春と修羅　第二集」の「序」の末尾に、「けだしわたくしはいかにもけちなものではありますが／自分の畑も耕せば／冬はあちこちに南京ぶくろをぶらさげた水稲肥料の設計事務所も出して居りまして」と示された表明の実質をこの「第三集」の作品が背負うことになっている。とはいえ、心象スケッチとしての詩的表現方法においては、語り手や心内語の発話者は「わたくし」や「ぼく」の使用が基本となっており、一人称視点からの即事、流動、リアルタイムの認識、描写、叙述が表出される手法は変わりなく継続しているというべきであろう。

なお、「詩法メモ」（詩8）として、『新校本宮沢賢治全集』第十三巻（下）に「東北砕石工場花巻出張所」用箋の裏に記された「第三詩集　手法の革命を要す／殊に凝集化　強く　鋭く／行をあけ」「感想手記　叫び、／心象スケッチに非ず／排すべきもの　比喩」という記述が収録されている。この「第三詩集」が「春と修羅　第三集」のことを指し、その推敲方針を新たにする意図を記したものかどうか、興味を引く。仮にそうだとしたら試みられていた推敲の実状に適合するのかどうか。あるいは、「第二集」以下の「心象スケッチ」を口語詩として一括した上で、晩年の「文語詩稿」を「第三詩集」と見なして記したものとも考えられる。メモの文意を含めて、まだ十分論議は尽くされていない。

「第三集」収録作品のうち、作者生前に雑誌等に発表されたものは、「一〇六八〔エレキや鳥がばしゃばしゃ翔べば〕」と「一〇八二〔あすこの田はねえ〕」（ともに逐次形を発表）の二篇である。


「春と修羅　第三集補遺」は、いずれも本巻の「春と修羅　第三集」収録作品が改作され、時に他の作品も吸収しつつ発展して、作品番号・日付を失った作品である。使用用紙は「表彰者」が「定稿用紙」、「〔白菜はもう〕」が「無罫詩稿用紙」で、他は全て「黄罫詩稿用紙」を用いている。以下に、「第三集」収録作品との関連を略記しておく。

「〔白菜はもう〕」は「七三〇ノ二　増水」からの発展作品である。

「〔西も東も〕」は「七三一〔黄いろな花もさき〕」と「七四一　煙」の一部からの発展作品である。

「〔みんなは酸っぱい胡瓜を噛んで〕」は「七三五　饗宴」からの発展作品である。

「〔生温い南の風が〕」は「一〇二二〔一昨年四月来たときは〕」からの発展作品である。

「〔降る雨はふるし〕」は「一〇八八〔もうはたらくな〕」からの発展作品である。

「〔このひどい雨のなかで〕」は「一〇九〇〔何をやっても間に合わない〕」からの発展作品である。

「蛇踊」は「七一八　蛇踊」と「七一八　井戸」の手入れ形の一部からの発展作品である。

「心象スケッチ　退耕」は「一〇二五〔燕麦の種子をこぼせば〕」と「一〇二八　酒買船」からの発展

作品である。

「雲」は「一〇三九　〔うすく濁った浅葱の水が〕」からの発展作品である。

「〔倒れかかった稲のあいだで〕」は「一〇八九　〔二時がこんなに暗いのは〕」からの発展作品である。

「表彰者」は「一〇二〇　野の師父」と「一〇八九　〔二時がこんなに暗いのは〕」の詩想の一部からの発展作品である。


「詩ノート」は、B４判を小ぶりにした上質洋紙を縦置きにして表裏に横罫線を印刷したもの（フールスキャップと呼ばれた）を、重ねて二つ折りにして、中綴じはしないままにノート式にして詩篇の整理に使用していたので、この呼び名が付けられたものである。二つの束で残されていたが、内容は連続し、その間に欠落はない。「春と修羅　第三集」収録作品群の現存する最も早い先駆形が多く含まれていることから、手帳や他の用紙に記された個々の詩篇草稿が、ある時期にまとめて連続的に整理されたものと考えられる。全体として、おおむね罫を用いて、多くは鉛筆（一部赤インク、ブルーブラックインク使用）による早書きではあるがきれいに書かれている。昭和二十年の花巻空襲による燻焦などで読み取れない箇所もあって、戦前の十字屋書店版『宮沢賢治全集』によって補ったところもあるが、これらの詳細は底本とした『新校本宮沢賢治全集』第四巻校異篇を参照願いたい。底本では九七篇を数えるが、ほとんどの詩篇に作品番号と日付が付されている。いずれも付されていないものは一篇、日付がないものは二篇であり、作品番号を変えて「第三集」収録詩篇に発展したものもあるが、同一番号の「第三集」収録作品の先駆形であることが明らかなものが多い。そのため、本コレクションでは「第三集」に収録した詩編と重複しないものに限って収録した。

「〔詩ノート〕附録」の「生徒諸君に寄せる」は、「詩ノート」と同じフールスキャップ紙に記されたものである。用紙五枚を半分に切った右半分（表裏十頁）に、はじめ赤インクでおおむね罫を用いて、多くの空白を残しつつ下書きされ、のち、ブルーブラックインクと鉛筆で手入れや詩句の追加がなされたが、空白を伴った断章のままに残された。一九二七（昭和二）年に「盛岡中学校校友会雑誌」への寄稿を求められ（作中にあるように「四枚の稿紙」を送られ）、これに応ずるための下書きとして着手されたが、そのままに終わったものと考えられる。「盛岡中学校校友会雑誌」には、一九二七年集（昭和二年十二月、通巻四一号）に「銀河鉄道の一月」と「奏鳴四一九」が掲載された。本篇が掲載されるに至らなかったのは、未完成のゆえか、その他の事情があったかは明らかでない。

本篇は空白もあり、未完成ではあるが、各断章がまとまりを持った内容を示して、長篇詩の構想をうかがわせることから、敗戦後になって、宮沢清六による校訂を経て一篇の形をとって紹介されるに至った（「朝日評論」第一巻二号、一九四六年四月）。ただし、本コレクションでは、残された断章の現状を示す底本の本文に従っている。表題は、記入された第一頁への手入れ第二段階（鉛筆による）の後に残された最終形態によった。

なお、〔断章五〕の一行目末の「、、、」から二行目下部の「来る」の前の空白部について、『校本宮沢賢治全集』第六巻では、「詩ノート」の「一〇五六〔サキノハカという黒い花といっしょに〕」の冒頭二行のうちの「という黒い花といっしょに／革命がやがてやって」を挿入する意向を想定して補っているが、行数にこだわらず、六行目の「来る」の前までを挿入する意向を想定することもできるかもしれない。

「口語詩稿」は、各種詩稿用紙に記された、作品番号や日付を付されていない口語詩群である。最終形態が「定稿用紙」を用いているものは「〔あらゆる期待を喪いながら〕」と「〔黄いろにうるむ雪ぞらに〕」の二篇（「黄罫詩稿用紙」を用いたのち、用紙を改めている）、「赤罫詩稿用紙」を用いているものは「阿耨達池幻想曲」「こころ」二篇、「無罫詩稿用紙」を用いているものは「〔めずらしがって集ってくる〕」一篇である。他は全て「黄罫詩稿用紙」を用いている（ちなみに、「審判」のみが、「赤罫詩稿用紙」を用いて始められ、のちに「黄罫詩稿用紙」に改めて最終形に至ったものである）。種々の手入れが重ねられ、独立詩篇として多様な拡がりと多彩な話法を展開した魅力的な作品群となっている。

本文は、『新校本宮沢賢治全集』第四巻と第五巻を底本としたが、ルビの付加や、行末の句点・読点の削除、作者特有の用字の修正など、今回の本文決定にあたり校訂した箇所があるので、以下に主要なものについて注記する。なお行数は題名を除いた本巻本文の行数（連替わりの空き一行も加算する）による。

春と修羅　第三集

七〇九　春　二、三行目の行末に付されていた読点を他行とそろえて削除した。以下、句読点削除については注記を省略する。

七一一　水汲み　一行目の「萱」は、底本では「萓」。作者は草稿のほとんどで「萓」を使用しているが、本巻では通行の「萱」を用いた。以下、これについては注記を省略する。

七一五　〔道べの粗朶に〕　四行目「家ぐね」は草稿に原ルビはない。本堂寛『岩手方言の語源』（熊谷印刷出版部、二〇〇四年一月）に「エグネ（名詞）――屋敷周りの林。いけがき（生垣）」がある。同じものを指すと見られる作者賢治の用例に「牆林」と書いて、ヤグネ・エグネのルビを振ったものがある。本堂は「エグネ」の「原形は「いぐね」とされ、漢字「居久根」を当てることが多いが、これが語源と関係あるか不明」と記す。本堂に従って「えぐね」を選んだ。発音は「エ」「イ」（あるいは「ヤ」）の中間であろうか。

七一八　蛇踊　二一行目「脜肥」に原ルビはない。作者の原ルビの例には「きゅうひ」「こえ」の双方があり、単純にひとつに決定しがたい。ここでは、前後にかなりの七拍・五拍の音数律が用いられているので、七拍（三・四）を形成する「きゅうひ」を選んだ。以下、適宜判断したが、いずれでもよい場合が多いので、ルビを省略することがある。

七二八　〔澱雨はそそぎ〕　一行目「澱雨」のルビ「カダチ」は原ルビ。佐藤政五郎編『南部のことば』（第二版増補新版、伊吉書院、一九八七年七月）に「かだち（神立―かんだち―雷）」とある。作者は「夏立」の字をあてる場合もあり、雷雨、夕立、にわか雨の意であろう。澱の字は、水流の急なこと、水音の意。澱雨は驟雨に同じ。

一〇〇八　〔土も掘るだろう〕　六行目「吹雪」は、『春と修羅』（第一集）他に「フキ」の原ルビが付された用例があるが、一方「ふぶき」の原ルビが付された草稿もある。原ルビ以外「フキ」で確定できる場合のみルビを付した。

一〇一四　春　二行目「夜見来川」は難読。実在の地名ではないと思われ、原子朗（『定本宮沢賢治語彙辞典』筑摩書房、二〇一三年八月）他に「よみこがわ」の案もあるが、決定できない。

一〇一九　札幌市　一行目「灰光」の読みは推定。『定本宮沢賢治語彙辞典』は「かいこう」と読んで

「賢治の造語」とするが、未詳。

一〇二三　〈一昨年四月来たときは〉　一行目「一昨年」に原ルビはない。「おととし」を選んだが、「いっさくねん」でもよい。

一〇二五　〈燕麦の種子をこぼせば〉　三行目「温く」に原ルビはない。ここでは「ぬる」くを選んだが、「あたたか」くと読むこともできる。以下適宜判断したが、「厩肥」の場合同様、ルビを省略することがある。

一〇三二　〈あの大物のヨークシャ豚が〉　一〇行目「里長」に原ルビはない。「さとおさ」を選んだが、「りちょう」でもよい。

一〇三九　〈うすく濁った浅葱の水が〉　一〇行目「女」のルビ「ひと」は原ルビである。しかし、九行目の「女」に原ルビはないので、そのままとした。なお、一〇行目の「サラー」だが、「下書稿（二）」では「サラー」のルビが「俸給生活者」の語に振られている。

一〇四二　〈同心町の夜あけがた〉　三八行目「伯林青」に原ルビはない。「ベレンス」、「プルシャンブルー」などの使用例があるが、「ベレンス」を選んだ。

一〇四八　〈レアカーを引きナイフをもって〉　一四行目「温い」に原ルビはない。「あたたかい」を選んだが「ぬるい」でもよい。以下、適宜判断したが、ルビを省略することがある。

一〇五九　開墾地検察　九行目「それで誰っても」のルビ「だ」は原ルビ。

一〇七六　囈語　二行目「騰って」に原ルビはない。「あがって」を選んだが、「のぼって」でもよい。

一〇八八　〈もうはたらくな〉　二二行目の「縛って」は作者特有の表記「縄って」を校訂した。

春と修羅　第三集補遺

蛇踊　四、一一行目「阿片」は、底本の「亜片」を通行の表記に校訂した。三八行目の「滃り」のルビ「かげ」は、作者固有の読み方を生かした（第七巻「本文について」の「三四五〔Largo や青い雲滃やながれ〕」を参照）。

表彰者　一九行目「貢進」は下書稿（四）では「昂進」の語が使われている。あるいは誤記かとも考えられるが、「定稿用紙」への清書で「貢進」に改めているので、このままとした。

詩ノートより

一〇〇七〔たんぼの中の稲かぶが八列ばかり〕　六行目「藍靛」は草稿では「藍錠」と書かれていたのを校訂。読みは「らんてん」（「らんじょう」とも読まれる）。インディゴのこと。

生徒諸君に寄せる　〔断章二〕八行目「暗み」は「やみ」あるいは「くらみ」または「くらやみ」と読ませるか。

口語詩稿より

第三芸術　一行目「麻薬」は草稿では「魔薬」。通常の表記「麻薬」に校訂した。

牧歌　三一行目「畦根」について、「畦」は古くから「あぜ」・「くろ」といい、作者に「くろ」の使用例もある。あるいは「くろね」と読むのかもしれない。

会食　四、八三行目「手蔵」は草稿では「手造」だが、多出の「手蔵」に合わせて校訂した。

木曜日の夜ともうひとつの夜

吉田篤弘

大正十二年十二月二十日は木曜日だった。

その日、宮澤賢治は『注文の多い料理店』の序文を書いた。花巻の小さな学校で教諭をつとめていた。はっきりしたことは判らないが、空想を混じえて書けば、その日が木曜日であったということは、朝から午後にかけて教壇に立っていたのではないだろうか。となると、序文を書いたのは夕方以降——おそらくは、夜であったと思われる。

およそ一年前に妹のトシが亡くなり、四カ月ほど前に関東大震災があった。そのような木曜日の夜に、『注文の多い料理店』の序文は書かれた。

この『注文の多い料理店』とは、詩人が生前に出版した唯一の童話集を指す。刊行されたのは、序文を書いた日付の一年後、大正十三年の十二月である。同じ十二月なので混同してしまうが、ここにじつは一年の空白がある。

この一年のあいだに刊行に向けた準備がなされ、雑誌に広告を掲載し、何種類かのちらしがつくられた。広告の文面も著者本人が考案し、そこに、この本が「十二巻セリーズの中の第一冊」であると記している。

この本には、常々、「生前唯一の童話集」という言葉がついてまわり、どことなく孤高の一冊というイメージがあった。が、本来の姿は、十二巻におよぶシリーズの皮切りだったのだ。その幻におわった構想をふまえ、いまいちど、『注文の多い料理店』の序文を読みなおしてみる——。

わたしたちは、氷砂糖をほしいくらゐもたないでも、きれいにすきとほつた風をたべ、桃いろのうつくしい朝の日光をのむことができます。
またわたくしは、はたけや森の中で、ひどいぼろぼろのきものが、いちばんすばらしいびらうどや羅紗や、宝石いりのきものに、かはつてゐるのをたびたび見ました。
わたくしは、さういふきれいなたべものやきものをすきです。
これらのわたくしのおはなしは、みんな林や野はらや鉄道線路やらで、虹や月あかりからもらつてきたのです。……

まさに、夜に書かれるのがふさわしい言葉のつらなりで、思うに、この序文には、宮澤賢治の全作品に通底する「いちばんすばらしいびらうど」の手ざわりが最良のかたちであらわれている。初めて読んだときから、「ここにすべてがある」と感じていた。

……これらのなかには、あなたのためになるところもあるでせうし、ただそれつきりのところもあるでせうが、わたくしには、そのみわけがよくつきません。なんのことだか、わけのわからないところもあるでせうが、そんなところは、わたくしにもまた、わけがわからないのです。けれども、わたくしは、これらのちいさなものがたりの幾きれかが、おしまひ、あなたのすきとほつたほんたうのたべものになることを、どんなにねがふかわかりません。

結果として、「生前唯一の童話集」になってしまったので、「ここにすべてがある」と感じても違和感はなかった。著者自身の言葉とはいえ、これほど宮澤賢治を解き明かしている文章はない。「なにか一編」と訊かれたら、迷わずこの「序文」を選ぶ。

が、読むたび、琴線に触れてくる最後のくだりなどを反芻していると、一ダースにも充たない短い物語をあつめた本の謳い文句としては、少しばかり声のトーンが高いようにも感じられた。しかし、十二巻におよぶシリーズの計画を知ったら、この序文は『注文の多い料理店』一冊の巻頭に置かれているのではなく、十二巻全体をふまえたものではなかったか、と思えてきた。

静かな冬の木曜日の夜、宮澤賢治の脳裡には色とりどりの十二冊の童話集があった。

しかし、その計画は、たった一冊きりで途絶えてしまった。それは詩人が短命であったゆえと思いがちだが、詩人が世を去ったのは、『注文の多い料理店』の刊行から九年後のことである。じつに九年もあった。しかし、続刊はついに叶わなかった。

まったく売れなかったからである。「料理の本と間違えられた」という証言ものこされている――。

「十二巻セリーズ」は幻となった。

千部刷られたという『注文の多い料理店』も現存部数が少ないのか、めったに古書市場にあらわれない。昭和四十四年に初版を再現した復刻版がつくられ、こちらは数多く出まわって、この本がどんな本であったか広く知れ渡った。「四十五年ぶりの復刻」と云われたが、じつは戦後間もない昭和二十二年に、初版の紙型を使って刷られたセカンド・イシューがある。これを古本屋で見つけたとき、幻のつづきに出会ったような気がした。

実際、数々の仙花紙本があらわれては消えていったこの時代に、戦前に編まれた童話集——たとえば、『グスコーブドリの傳記』（羽田書店）といったものの重版を含む、かなりの数の作品集が刊行されていた。

京都の書肆、百華苑からは棟方志功の装幀による『四又の百合』が、長野の蓼科書房からはスクール文庫なる叢書の一冊として『猫の事務所』が、めずらしいところでは、『税務署長の冒険』が単行本として刊行されていて、これは札幌の住所をもった「北海酒類密造防止協力會」なるところから発行されている。発行所の名前自体が宮澤賢治の物語から抜け出てきたようだ。

他にも、『カイロ團長』、『ふたごの星』、『どんぐりと山猫』といった表題を持つ本があり、それらを手にとって眺めるうち、実現できなかった「十二巻セリーズ」が、思いがけないかたちで片鱗を現したように思われた。

本を出すことができずにいた九年間はあまりに長い。二冊目にどんな本を出すか、その広告文まで詩人の頭の中にはあったのではないか——。

『注文の多い料理店』の挿画を担当した菊池武雄氏が、その刊行を祝った夜のことを書いている。

(「『注文の多い料理店』出版の頃」)

祝賀会などではなく、二人を引き合わせた音楽教員の藤原嘉藤治と三人で「大いに飲んだ」とある。

飲むといつても宮澤さんはサイダーか何かの筈だから飲んべい相手は退屈にきまつているに拘らず、例の黒い外套を着たまま大きな背を丸くして始終ニコニコし乍ら、われ等のあられもない猥談などにもうまく調子を合わして、これはぜひ謄寫版にして頒けるといいなどと勵ましつつ聞いてくれるものだから、こつちは益々得意になつて果て知らずという始末

などと云っていた。

が、詩人はそこでオーバーのポケットから「今こんなものを書きかけてるが」と云って「一握りの原稿」を取り出した。それはカンパネルラという子供が銀河旅行をするお話だという。そのときの様子がじつに活き活きと描かれている——。

「まんず讀んで見ねえすか」

「讀んでもええすか、でも少し長いから退屈させるとわるいナ」

「ヤ、かまねえ、かまねえ」

この柄のわるい二人は先程より飲んでしやべつて、今は脇息などにもたれていい氣なもの、今、眼の前で、宮澤賢治その人が、名作「銀河鐵道の夜」のなまなましい原稿をたつた二人の聽き手のために、自らの聲をもつて讀んでくれるというのに「かまわないから讀め」もあつたものではない。冥利のつきる話である。その時の事を顧みると今もつて汗の流れる思いである。

この一夜こそが、詩人の生涯の中で、もっとも心愉しい時間のひとつであったことは、まず間違いない。

宮沢賢治コレクション8
春と修羅 第三集・口語詩稿ほか——詩Ⅲ

二〇一七年十一月二十五日 初版第一刷発行

著者 宮沢賢治
発行者 山野浩一
発行所 株式会社 筑摩書房
東京都台東区蔵前二―五―三 郵便番号一一一―八七五五
振替〇〇一六〇―八―四一二三
印刷 明和印刷 株式会社
製本 牧製本印刷 株式会社

本書をコピー、スキャニング等の方法により無許諾で複製することは、法令に規定された場合を除いて禁止されています。請負業者等の第三者によるデジタル化は一切認められていませんので、ご注意ください。

乱丁・落丁本の場合は左記宛にご送付ください。送料小社負担でお取り替えいたします。ご注文、お問い合わせも左記へお願いいたします。
筑摩書房サービスセンター
〒三三一―八五〇七 埼玉県さいたま市北区櫛引町二―六〇四
電話 〇四八―六五一―〇〇五三

ISBN978-4-480-70628-7 C0392 ©chikumashobo 2017 Printed in Japan